CÂSS COYNT
DOCTOUR JEKYLL
HA MÊSTER HYDE

CÂSS COYNT DOCTOUR JEKYLL HA MÊSTER HYDE

GANS

ROBERT LOUIS STEVENSON

RAGLAVAR HA DELÎNYANSOW GANS

MATHEW STAUNTON

TRAILYS DHE GERNOWEK GANS

NICHOLAS WILLIAMS

evertype
2015

Dyllyas gans/*Published by* Evertype, 73 Woodgrove, Ballyfin Road, Portlaoise, Co. Laois, Ireland. *www.evertype.com.*

Mamditel/*Original title*: *Strange Case of Dr Jekyll and Mr Hyde.* London: Longmans, Green & Co., 1886.

An dyllans-ma/*This edition* © 2015 Michael Everson.
Versyon Kernowek/*Cornish version* © 2015 Nicholas Williams.
Delînyansow ha raglavar/*Illustrations and introduction* © 2014 Mathew Staunton.

Y kefyr covath rolyans rag an lyver-ma dhyworth an Lyverva Vretennek.
A catalogue record for this book is available from the British Library.

ISBN-10 1-78201-103-X
ISBN-13 978-1-78201-103-3

Olsettys in Baskerville ha GREAT BROMWICH BOLD gans Michael Everson.
Typeset in Baskerville and GREAT BROMWICH BOLD by Michael Everson.

Cuthlen/*Cover*: Michael Everson.
Skeusen/*Photograph*: © Frances Fruit, dreamstime.com/ffranny_info

Pryntys gan/*Printed by* LightningSource.

iv

ROL AN LYVER

RAGLAVAR

PACKETTYS KEFYS IN COFYR SAW A OOS VYCTORYA

Novel cot Robert Louis Stevenson *Câss Coynt Doctour Jekyll ha Mêster Hyde* (1886), warbarth gans *Metamorphoses* Ovyd ha *Die Verwandlung* Franz Kafka yw onen a'n whedhlow moyha gallosek a drailva gorforek in istory lien an bës. Nyns êth an lyver bythqweth in mes a brynt hag ev re inspyryas lies gwary, lies gwary ilow ha lies fylm. Pella, henwyn dew berson an tîtel re entras aberth i'n tavas Sowsnek avell berrdhorn rag dysês kescar identyta, tromjaunjys cher hag omdhegyans coynt pò avrêsonus. Elementys a'n narracyon yw lebmyn radn mar fast a wonysygeth an bobel, na vëdh an lyver y honen redys mar venowgh dell vynsa nebonen predery dhyworth y sowena. Ny re vetyas an whedhel-ma i'n gwaya mir, in versyons cot'hës, in geslunyow, in novellys grafek, hag in pùb sort a gampollansow erel. Rag hedna ny a grës ev dhe vos aswonys genen, ha nag eus othem vëth strîvya gans complecter an text.

Pàn dheffa redyoryon arnowyth dhe'n whedhel rag an kensa prës, ymowns y, dell yw ûsys, ow try gansans pyctours in aga fedn a whelvaow lenwys a wedrednow, a dhraghtys ow whethfy ha'n fâss a hager-ankenel. Indella ymowns y sowthenys yn fenowgh pàn wrellens dyscudha nag yw naneyl

vii

Jekyll na Hyde chif-person story Stevenson. In gwir y yw an dhew berson campollys moyha menowgh i'n whedhel, saw yma radn vrâssa an narracyon ow trailya adro dhe nebonen le aswonys, an laghyas ewnhensek ha dywharth, Gabriel John Ùtterson. Yth yw Henry Jekyll ha'y honen aral, Edward Hyde, mater an câss coynt hag ymowns y aga dew worth y wil an story uthyk, a veu porposys gans an auctour, saw yth yw Ùtterson neb usy ow whythra an mystery in onen a'n whedhlow hellerhy moy fusyk bythqweth a veu screfys.

Mar teu nebonen ha meras orth an text tecken, ev a welvyth fatell yw Ùtterson den perfeth rag an ober. Aswonys dhodho yn tâ yw oll persons an whedhel, marnas Hyde yn udnyk. Richard Enfield, an kensa dùstuny usy ow terivas adro dhe gruelta Hyde, yw goos nessa ha cothman dhe Ùtterson; Syr Danvers Carew yw onen a gliens Ùtterson, meur aga hanow, hag yma Carew ow ton ganso lyther rag Ùtterson, pàn wra Hyde y voldra. Doctour Jekyll ha Doctour Lanyon yw cothmans coth dhodho, hag ymowns y aga dew ow fydhya dhodho aga lytherow mernans. Yth ywa laghyas Jekyll kefrës, ha kelmys ywa dre lyther kemyn Jekyll dhe wythresa rag Hyde kevrînek, mar qwra an medhek merwel pò mos mes a wel. Oll persons an lyver yw esely a'n keth rosweyth, hag in cres an rosweyth-ma yma G.J. Ùtterson ow cùntell dùstuny côwsys ha dùstuny screfys.

In lyver lenwys a henwyn, down aga styr, Gabriel John Ùtterson yw hanow usy ow terfyn attendyans. Nebes redyoryon, pàn wrellens metya an hanow rag an kensa prës, a vydn perthy cov martesen a laghyas ha cùntellor lyvrow an nawnjegves cansvledhen, Edward Vernon Ùtterson (1775/6-1856), onen a fùndyoryon Clùb Roxburghe, cowethas vian a roweth uhel, rag caroryon lyvrow. Brâs o hanow E. V. Ùtterson inwedh in mesk lahysy y oos. Mar ny wrussowgh why clôwes anodho ev, yth yw hanow G.J. Ùtterson pòr ewn (*utter-son*) rag den usy ow cùntell hag ow restry lavarow ha scrivow tus erel. Na fors pyneyl anodhans eson ny ow predery anodho, yth yw agan brës drës tro ha'y wythres avell arbenegor, a wrella cùntell ha styrya dogvednow. Indella ny yw inies yn crev dhe gemeres kebmys rach gans text Stevenson dell usy Ùtterson ow kemeres gans textys Jekyll, Hyde ha Lanyon.

Cùssul fur yw hodna, rag an text a *Jekyll ha Hyde* yw tew ha liesplek, hag yma va ow targana prattys geryow auctours arnowyth kepar ha James Joyce ha Vladimir Nabokov. Yma an geryow coth hag omborthus pò in mes a radnyêth Alban ow lent'he an narracyon, ow creatya dowt hag ow constrîna an redyor dhe wil warlergh Ùtterson in udn whelas dyscudha an grônd a daclow. An natur arbednek a erva Stevenson a yll bos dysqwedhys in hebma: yma an *Oxford English Dictionary* ow campolla *Jekyll an Hyde* deg treveth ha tryugans. Ny a wel sampel dâ a wary geryow an auctour pàn eson ny ow metya Jekyll rag an kensa prës hag y leveryr bos fàss an medhek "smoth". I'n gettesten-ma (dew gothman coth ow kestalkya ryb an olas) ny'gan beus skyla vëth rag convedhes hedna avell ken tra vëth ès an medhek dhe vos dyvarv. Moy adhewedhes i'n whedhel, bytegyns, y leveryr "bejeth bylen" ôstes chy Hyde dhe vos "gwrës smoth gans fêkyl-cher" hag yth on ny inies yn sotel dhe dhaspredery adro dh'agan kensa argraf a Jekyll. Warlergh pùptra ev a'n jeves hanow usy ow corra in agan brës best gwyls (*Jackal*) pò denlath (*Je-kill*), hag yma y gowethyans kevrînek gans Hyde ow tôwel skeus wàr y hanow dâ, re beu heb nàm bys i'n eur-na.

Nyns usy mênyng leun-hanow Ùtterson ow corfedna whath. Ev yw moy es dyghtyor geryow. Ev yw cadnas ha profet martesen. Ev yw i'n keth prës Gabriel Arghel ha Jowan Baptyst, formys gans an auctour ollskentyl ha danvenys in mês dhe dheclarya pùptra usy ow wharvos in gweythva Jekyll. Dre rêson bos an beybel campollys yn fenowgh i'n whedhel, ny a yll bos certan fatell esa Stevenson ow qwetyas y whre y redyoryon convedhes gnas an henwyn-na. Hag mar teu an redyor hockya, yma an auctour ow qwil dhe Ùtterson y hùmbrank i'n keth fordh, rag ny yll Ùtterson sconya dhe wary gans hanow Hyde, pàn lever ev: "Mars yw ev Mêster Hyde…me a vëdh Mêster Seek."

Yma attendyans Stevenson ow tùchya y eryow ha'ga ûsyans ow qwil dhyn predery fatell wrug ev kemeres kebmys rach gans y dîtel inwedh, hag y tal dhyn consydra an mater-ma tecken. Hèm yw "câss coynt." Avell tra a'n par-na yth ywa wharvedhyans coynt neb a wharva dhe Henry Jekyll ha dh'y gowetha, yth ywa sùmen a oll an taclow usy ow longya dhe'n mater, hag yth ywa derivas a'n taclow-ma settys in mes dhe vos consydrys gans cort uhella. Ny yw ledys dhe gonvedhes bos an derivas mar goynt avell an wharvedhyansow aga honen. Dell leverys vy a-uhon, laghyas Stevenson yw deskys dâ dhe worra oll an dogvednow ha'n dùstuny warbarth rag gwil narracyon kesson, pò lyver dùstuny kyn fe. Ow tùchya an mater-ma, Ùtterson, arbenegor dell lever ev y honen in stâtya treven, yw an patron ewn rag laghyas Dracùla, den stâtya treven, Jonathan Harker. Yma meur a havalder inter an collaj injyn a lytherow, darnow in mes a jornals, trascrypcyons dhyworth an fonograf ha derivasow in paperyow nowodhow usy ow formya novel Bram Stoker a'n vledhen 1897 ha'n text-ma dhyworth Stevenson. A wrello codha inter an ajwiow inter an darnow dyffrans a dhùstuny yw gesys dhe'n redyor dhe dhesmygy, hag yma gallos dynyak an dhew lyver ow lùrkya in anown anlettrys an arkytîpow.

Yth yw an ger "câss" fastys yn crev in bës an vedhegieth, hag a les yw fatell wra an redyor entra i'n mystery adro dhe'n dhew jif-persons der an main a dhùstuny dew vedhek, adar dre wythres an creslu. Pàn wrella Ùtterson gweles omdhegyans stranj Jekyll kyns oll, yma dowt dhodho bos hager-ober i'n negys, saw dell usy an whedhel ow mos in rag ev a dhallath kemeres own y gothman dhe vos clâv, ha fatell vëdh gorthyp y gwestyons kefys in medhegieth (muscogneth), adar i'n laha (godrosladrans).

An ger "câss" bytegyns a'n jeves ken mênyng, meur y les. Câss yw neppyth gwrës dhe dhegea neb tra ino, na nyns yw pell erna wrellen ny convedhes fatell usy *Jekyll ha Hyde* yn tien ow terivas adro dhe daclow degës ajy in taclow erel. Hèm yw gwir ow tùchya screfa an novel cot hag ow tùchya an text gorfednys. Yth yw godhvedhys yn tâ fatell gafas Stevenson y inspyracyon i'n dallath in hunros:

> Me a dhalathas fusta ow empydnyon rag whedhel a sort vëth; ha'n secùnd nos me a wrug hunros a'n wharvedhyans orth an fenester, ha wosa hedna wharvedhyans a faljas inter dyw radn, hag ino Hyde, helhys dre rêson a neb hager-ober, a loncas an polter hag a sùffras chaunjyans dhyrag y helhysy (RLS, Genver 1886).

Ny a yll ytho convedhes Hyde avell bùcka nos arkytîpek, neb a veu relêssys gans brës is-war Stevenson. Ena an arkytîp, orth comendyans Fanny, gwreg Stevenson, a veu gorrys in allegory. Apert yw dhyworth henwyn an persons i'n whedhel, y hyll an whedhel bos convedhys avell allegory, ha mar teun ny ha redya an pëth a screfas Stevenson y honen adro dhe'n lyver, nyns yw dowt vëth gesys. Ena an allegory y honen a veu gwyskys in mystery, nag yw styrys in tyller vëth gans an auctour. Yma nùmber a'n styryansow adro dhe wiryoneth an allegory-ma prest owth encressya, hag yma hedna ow tysqwedhas pana dhâ a wrug stratejy Stevenson soweny. Wàr level an text, yma Ùtterson ow whythra câss Jekyll ha Hyde ha pàn usy ev ow presentya y dhyscudhansow, yma va ow soweny dhe assoylya an qwestyon esa worth y ancrêsya, pyw yw Edward Hyde, ha pana allos a'n jeves ev wàr Henry Jekyll. Rag an redyor bytegyns ny vëdh nefra assoylys an tervans brës denethys gans Hyde. Pella pàn wrella dùstuny screfys gans Jekyll gorfedna wàr an folen dhewetha, yma agan qwestyons ha'gan anês whath ow turya. Stevenson a wra dhe Jekyll orth dyweth y "gowl derivas a'n câss" screfa "yma an pëth usy ow sewya ow pertainya dhe gen onen ès me." Saw an pëth usy ow sewya yw taw, hag i'n taw-ma y tal dhe'n redyor dyghtya oll an stoff cùntellys gans laghyas Stevenson ha trailya y fâss tro hag *id* scruthus Jekyll.

Saw yth yw an taclow nag yw dysclôsys gans Ùtterson usy worth agan ancrêsya moy ès ken tra vëth. Pandra vëdh Edward Hyde ow qwil, pàn wra ev gasa gweythva Jekyll? Hyde yw an carnacyon a bùptra usy Jekyll ow naha dhodho y honen ow tùchya plesour, saw nyns eson ny in termyn vëth ow tos nes dhe assoylya an qwestyon: pandr'yw hedna? Ny yll Jekyll constrîna y honen dhe dherivas an otray gwrës gans y honen aral, hag yth yw Ùtterson dooth lowr dhe asa an men arbednek-na heb y drailya. Nyns eus dêwys genen ytho ma's ûsya agan imajynacyon. Yma an laghyas ow naha dhodho y honen an plesour a vysytya an waryva, a eva gwin hag a remainya yn tyfun bys in holergh i'n nos. Usy Hyde ow menowhy gwaryvaow yn sempel hag ow medhowy? Yma hacter y natur ha'n euth usy ev ow sordya i'n bobel ow qwil dhyn predery a daclow liesgweyth moy tewl. Yma mencyon gwrës a felony, a gruelta hag a dormentyans. Yma an stankyans wàr an vowes vian ha mùrder Carew ow ry dùstuny a arowder dygabester. Yma Jekyll ow meneges an dêdys-na. Pandr'alsa bos gweth ès cronkya ha stankya nebonen dhe vernans?

An qwestyon-ma re beu whythrys in moy ès cans hag ugans fylm, tra neb a wrug dhe'n bobel ankevy radnow erel an whedhel. Dell yw ûsys, yth yw Ùtterson settys adenewen pò remôvys yn tien dhe wil spâss rag benenes heb downder, rag whedhel kerensa ha rag carnalyta. An fylmow neb a spêdyas dhe'n moyha dhe dhendyl mona a sewyas an exampyl a wary gwaryva Thomas Russel Sullivan (1887). I'n gwary-ma yth yw

Jekyll ambosys dhe dhemedhy myrgh Carew; yma va, cot y berthyans, ow lowsya Hyde dhe ownekhe canores hel ilow, Ivy Peterson, dhe gowethya ganso in carnalyta garow gwyls.

An fylm, neb a veu gwrës i'n vledhen 1931, yw sampel pòr dhâ. Collenwys veu an fylm kyns ès côd moralyta Hollywood dhe vos oberys yn stroth, hag ytho nyns usy an fylm ow casa tra vëth dhe'n desmygyans. Frederick Marsh a dhendylas yn tâ an Gober Academy rës dhodho rag y bortrayans a Jekyll hag a Hyde. Compellys yw Jekyll der y stât uhel dhe asa y whansow carnal heb aga hollenwel. Scant ny yll ev gortos dhe dhemedhy, may halla va enjoya perthynas carnal gans y wreg, hag i'n keth termyn pêsya gans y lust rag Ivy Peterson. Wosa metya gensy dre hap, ev a vir orty in hy chambour ow tisca hy dyllas, gans passyon brâs ev a abm dhedhy wàr hy gwely, saw gwethys yth ywa dhyworth mos pella dre vellyans y goweth Doctour Lanyon. I'n versyon-ma a'n whedhel Hyde yw an daras may hyll Jekyll diank dredho, hag i'n person Hyde yma Jekyll moy adhewedhes ow constrîna Peterson dhe gowethya yn carnal ganso dres termyn pell, tra a wrug ev dallath in y berson poblek saw na wrug ev bythqweth keweras. Yma Rouben Mamoulian ha'y screforyon, Percy Heath ha Samuel Hoffenstein, owth assoylya nebes a'n pednow lows gensys gans text Stevenson (whansow cudh Jekyll, aventurs Hyde, an skyla rag Hyde dhe assaultya Carew), saw yma an whedhel ow sùffra indella, rag ny yll ev na fella ancrêsya an woslowysy. Yma an fylm ow tiegry der y bortrayans grafek a bodrethes carnal, a arowder hag a casadôwder Hyde—saw hager-oberoryon carnal ha den-ledhysy yw kebmyn in fylmow Hollywood. Yma an lyver ow qwil dhyn kemeres scruth wàr level downha hag ytho worth agan compella dhe sarchya der agan dowtys gwetha oll rag provia fâss ha gwythres rag Hyde.

Yth yw *leitmotiv* an câss ow resek warlergh an lytheren der an text. Ny a gâv câssys ajy dhe gâssys, maylyoryon sêlys ajy dhe vaylyoryon sêlys, ha'n presens parhaus a gofyr saw Ùtterson. An dra dhewetha-na a yll bos consydrys avell an benfenten a bùb mênyng i'n text—myns a wren ny dyscudha adro dhe'n perthynas inter Jekyll ha Hyde yw gorrys aberth i'n cofyr saw; ha wàr an dyweth yma pùptra ow tos in mes a gornelly tewl an dra dhyvew-na. Yth yw penfenten power Jekyll dhe dransformya y honen wrappys in lowr a daclow adro dhodho. Rag collenwel y gomyssyon dhe dhascafos kemygyon Jekyll, res yw dhe Dhoctour Lanyon entra in chy y goweth, forcya an daras bys in y weythva, egery cûbert gweder ha kemeres trock in mes. An teknîk gothek a neythya narracyons aberth in narracyons, yw daskenys i'n text in moy ès in udn tyller dre worra lytherow aberth in packettys sêlys. Yma Lanyon ow tanvon lyther dhe Ùtterson dhe vos egerys yn udnyk pàn wrella Jekyll merwel pò mes mes a wel. Yth yw lyther dewetha Jekyll sêlys in bàn gans lyther kemyn nowyth ha gans cowldherivas a'n taclow esa ev ow qwil. Yth yw an packettys-na gorrys pella aberth in cofyr saw Ùtterson, alwhedhys yn town in rom in y jy. Rag entra aberth in mysterys câss Jekyll ha Hyde, yth yw res dhe'n redyor egery an cofyr saw ha'n packettys ha styrya sygnyfycacyon an textys wàr jy.

OTTA AN BÙCKA NOS OW TOS

Kynth yw *Jekyll ha Hyde* meur-gerys gans an bobel, yma an text ow presentya chalynj brâs dhe lînenoryon, ha dre rêson a hedna nyns yw dyllansow gans delînyansow inhans mar gebmyn dell ylly bos soposys. Nyns yw hedna marth vëth. An manylyon neb yw an moyha a les dhyn ny, redyoryon hag aspioryon—semlant ha dêdys Edward Hyde—yw leverys gans Stevenson dhe dhefia descryvyans. Fowt gallos Enfield dhe dhelînya tremyn Hyde—tremyn usy ev ow teclarya y hyll ev y weles yn cler in y vrës—yma an fowt gallos-na ow spredya pùb le kepar dell usy an whedhel ow mos in rag. Ny yll den vëth a bersons an whedhel ry derivas a semlant Hyde, kyn fêns y ow meras strait in y vejeth. Ny yllons y ma's leverel pana anês yns y hag y ow meras orto. Bùcka nos yw Hyde, folen wag, mayth usy persons an whedhel ha wàr an dyweth an redyoryon kefrës, ow screfa aga ancrês warnedhy. Fatla gottha ytho dhe'n lînednor nessa dhe'n ober a dhesmygy an den kevrînek-ma?

In lies onen a'n pyctours i'n dyllans-ma me re dhêwysas dhe bresentya Hyde avell den heb fâss, hag indella dhe alowa dhe'n redyor desmygy y semlant. Why yw frank dhe ry dhodho bejeth sym kepar hag in lies fylm, pò fâss uthyk gargoyl, poken, mar mydnowgh why, tremyn leun passyon Klaus Kinski. Why yw frank kefrës dhe dhos nes dhe'n negys in fordh aral yn tien. In pyctours erel me re whelas cachya an air a dynder hag a arowder, usy ow all adro dhe Hyde, der y dhelînya avell kesudnyans pyctourek a voxesoryon a'n uganves cansvledhen avarr. Nyns eus tra vëth dyfelebys obma. Hager yw Hyde wàr jy. Wàr ves ev yw yonk, keherek, crev ha leun omfydhyans. Y abylta dhe vos garow yw dhe redya in y lagasow hag in y omdhalgh kyns ès in tra vëth warbydn natur in tremyn y fâss.

Onen aral a deythy troblus an whedhel yw an fowt a avîsyans ow tùchya "An Wharvedhyans orth an Fenester". Hèm yw an pryjweyth yw oll an whedhel byldys adro dhodho, cresen an tervans brës denethys gans Hyde. Saw pëth ywa? Yma Ùtterson hag Enfield ow qweles neppyth uthyk in fâss Jekyll, pàn usy ev ow kescôwsel gansans dhywar y fenester wàr an kensa leur. Ena ymowns y ow tyberth, diegrys yn town. An chaptra-ma yw an chaptra cotta in oll an lyver rag nyns ywa ma's dyw folen in hirder, saw ny a wor bos ino neppyth in mes a dhownder isaswonvos Stevenson. Fatla dal an chaptra ytho bos delînys? Pyctour a dhen orth fenester (rag nyns yw derivys gans an auctour ma's hedna) a vynsa fyllel yn tien dhe bresentya an euth arkytîpek usy ow tos dhyworth an wolak-ma. Yma Jekyll ow meras in mes orthyn dhyworth y weythva, trigva pùb whans ha pùb ewl a garsa ev tastya ha sùppressya. I'n rom-ma yma va ow performya an prevyansow usy ow relêssya Hyde. I'n rom-ma inwedh y fëdh marow Jekyll ha Hyde warbarth in kesstrîf inter *id* ha *sûper-ego* an medhek. Yma an fenester ytho ow ry dhyn golak, cot hy thermyn, aberth i'n kilyow moyha tewl a enef Jekyll, ha hèn yw an dra a whelys vy delînya.

—Mathew D. Staunton
Resohen, Mê 2014

ADRO DHE'N AUCTOUR

Robert Louis Stevenson a veu genys in Dineydyn, Scotlond, an 13es Du 1850. Ev a wre viajya yn fenowgh awos y dhrog-yêhes, hag y leveryr fatell sordyas y viajys an abylta dhe screfa ino dhyworth y yowynkneth. Ev o 28 bloodh pàn veu dyllys an kensa lyver dhyworto. Pàn esa ev in Frynk ev a vetyas gans Fanny Osbourne, benyn dhemedhys dhyworth an Stâtys Udnys, ha mabm a dhew flogh. Ev a godhas in kerensa gensy. Dyw vledhen wosa hedna hy a gafas dydhemedhyans dhyworth hy gour ha may halla va bewa gensy Stevenson êth dhe California. Y a dhemedhas i'n vledhen 1880. Stevenson a dhendylas clos pàn esa whath ow pewa der y whedhlow rag flehes ha rag pobel leundevys. *Doctour Jekyll ha Mêster Hyde* a veu dyllys i'n vledhen 1886, hag y feu an lyver-ma neb a assuryas y hanow brâs. In mesk lyvrow erel Stevenson y hyllyr campolla *Argibys*, *Enys Tresour*, *Catriona*, *Viajys gans Asen*, ha *Mêster Ballintrae*. Ev a veu marow in Samoa an 3a Kevardhu 1894 hag ev 44 bloodh.

CÂSS COYNT DOCTOUR JEKYLL HA MÊSTER HYDE

CHAPTRA I

WHEDHEL AN DARAS

Mêster Ùtterson, laghyas, o den fast y vejeth, na dheuth minwharth bythqweth warnodho; yêyn, nebes y eryow, methek in kescows; na wre dysqwedhes emôcyon; tanow, uhel, sëgh, trist saw caradow wàr neb fordh bytegyns. In metyansow gans cothmans, pàn esa an gwin orth y blêsya, y fedha neppyth a dhenseth ow spladna in y lagas; neppyth na dheuth bythqweth aberth in y gows, saw a vedha gwelys i'n tôknys tawesyk-ma a'y vejeth wosa kydnyow ha moy menowgh whath ha dhe glerra i'n taclow a wre va. Ev o cales orto y honen; ev a eva jenevra pàn vedha y honen oll may halla va tempra y dhesîr rag gwin dâ ha kynth esa an waryva worth y blêsya, ny wrug ev vysytya gwaryva vëth nans o ugans bledhen. Saw ny wre va jùjya pobel erel; traweythyow ev a wre marthùjyon gans envy ogasty a nerth spyrys y hynsa in udn wil hager-oberow; hag in caletter vëth ev a vedha parys dhe wil gweres kyns ès reprêf. "Ow inclynacyon yw tro ha heresy Caym," a levery ev yn coynt. "Dâ yw ganef gasa ow broder dhe vos dhe'n jowl in y fordh y honen." Dre rêson ev dhe vos indella, ev a'n jeva an fortyn yn fenowgh a vos an den wordhy dewetha ha'n hâlyans dewetha tro ha'n dâ wàr vêwnans gwesyon esa ow skydnya in pegh. Ha pàn wrella tus a'n par-na omgùssulya ganso in y jambours, bythqweth ny wre ev dhysqwedhes dhedhans chaunjyans vëth in y gonversacyon.

Heb mar an dra-na o êsy lowr rag Mêster Ùtterson, rag ny dhysqwedha ev emôcyon in termyn vëth, hag yth hevelly ev dhe

vos cothman gans y hynsa yn udnyk dhyworth y natur dâ. Sin arbednek an den uvel yw cùntel y gothmans dell esa tus ow metya ganso; ha hòn o fordh an laghyas. Y gothmans o y woos y honen poken an re-na o aswonys dhodho près hir; y gerensa o kepar ha'n ydhyow, ow tevy tabm ha tabm dres an bledhydnyow. Dell hevel hèn o an skyla rag Mêster Richard Enfield, cosyn pell dhodho, ha den aswonys der an cyta, dhe vos onen a'y gothmans. Qwestyon cales dhe wortheby rag lies huny o leverel pandra ylly an dhew dhen-na gweles an eyl in y gela, pò pana dra o kebmyn intredhans. Y fedha derivys gans tus a wre metya gansans De Sul pàn esa an dhew anodhans ow kerdhes alês warbarth, y dhe dewel yn tien, ag semlant dhe vos pòr dhyfrêth, ha pàn wrellens metya gans cothman aral dre hap, y dhe vos pòr lowen. An dhew dhen-ma bytegyns a sensy meur a'ga herdhow warbarth, orth aga brusy dhe vos an wharvedhyans moyha precyùs a genyver seythen, hag y a sconya pùb chauns a blesour ha galow aga negyssyow kyn fe rag may hallens aga enjoya heb let vëth.

Y wharva udn jëdh y dhe vos ow kerdhes warbarth in kilstrêt in qwartron bysy a Loundres. Bian o an strêt ha cosel, dell leveryr, saw y fedha meur a berna hag a wertha ino pùb dëdh gweyth. Yth esa oll tregoryon an strêt ow soweny yn tâ in aga negys, dell hevelly, hag y oll ow strîvya dhe wil whath dhe well. Y hylly gwain aga negyssyow bos gwelys i'n fordh mayth esens y ow tynya prenoryon; y fedha an semlant a denvos gwelys wàr dâl kenyver shoppa i'n strêt-na, kepar ha rew a werthoresow teg aga minwharth. Ha De Sul inwedh, pàn vedha y dynyans nebes cudhys ha'n strêt y honen gwag ogasty, yth esa an tyller ow terlentry yn spladn pàn vedha comparys gans strêtys tewal adro, kepar ha tan in forest, ha'n keasow fenester nowyth-paintys, an brest polsys dâ ha'y semlant glanyth ha gay, a wre cachya ha plêsya lagas an tremenyas.

Dew dharas dhyworth udn gornel, a'n barth gledh ha te ow mos dhe'n ÿst yth o an lînen terrys gans entrans aberth in cort; hag i'n tyller-na poran yth esa certan byldyans pedrak ow herdhya y bùnyon in mes wàr an strêt. Drehevyans dew leur o va heb fenester vëth ino; nyns esa tra vëth dhe weles ma's daras wàr level

an grônd ha tâl dall a fos vostys wàr an leur uhella; hag yth hevelly na wrug den vëth tùchya orth tra vëth wàr an fos-na nans o termyn pell. Yth esa gùsygednow wàr an daras ha dyslyw o va heb clogh pò morthol. Y whre begyoron powes i'n entrans ha anowy tanbrednyer wàr banellow an daras; y whre flehes gwary shoppa wàr an degrês hag y fedha scolvebyon owth assaya aga hollan wàr an kervyansow; ha dres termyn moy ès denethyans ny wrug den vëth omdhysqwedha dhe fêsya an vysytyoryon draweythys-ma na dhe amendya aga defolyans.

Yth esa Mêster Enfield ha'n laghyas wàr denewen aral an strêt; saw pàn dheuthons adâl an entrans, Mêster Enfield a dherevys y lorgh ha dysqwedhes ganso.

"A wrussowgh why bythqweth merkya an daras-na?" ev a wovydnas; ha wosa y goweth dhe leverel fatell wruga, "Yth ywa kelmys i'm brës vy," ev a addyas, "gans whedhel fest coynt."

"In gwir?" yn medh Mêster Ùtterson in udn jaunjya ton y lev nebes, "ha pandr'o hedna?"

"Wèl, y wharva indelma," Mêster Enfield a worthebys: "Yth esen ow tewheles tre dhyworth neb tyller pella ès abell, adro dhe deyr eur myttyn du gwâv, hag yth esa ow fordh ow mos dre radn a'n cyta, le na ylly bos gwelys in gwiryoneth ma's lanterns strêt. Strêt warlergh strêt hag oll an bobel ow cùsca—strêt warlergh strêt, y oll golowys kepar ha pàn ve processyon ow tos, ha pùb tyller mar wag avell eglos—erna wrug avy codha aberth i'n stât-na a'm brës pàn wrella den goslowes ha goslowes hag ev whensys brâs dhe weles creswas. Hag ena yn sodyn, me a welas dew fygur: onen o den bian, esa ow stankya in rag dhe'n ÿst hag ev ow kerdhes uskys lowr. An fygur aral o mowes vian eth pò deg bloodh martesen, ha hy ow ponya scaffa gylly crows-strêt ahës. Wèl, a syra, an dhew anodhans a bonyas an eyl warbydn y gela, heb mar, orth an gornel; hag ena y wharva euth an mater; rag an den a drettyas fest calm dres corf an vowes, ha'y gasa in udn scrija wàr an dor. Nyns yw nameur dhe glôwes, saw uthyk veu dhe weles. Nyns o va kepar ha den; moy haval o va dhe neb dyowl in mes a iffarn. Me a grias yn uhel ha ponya wàr y lergh. Me a gachyas an den ha'y dhry wàr dhelergh dhe'n tyller mayth esa bagas a bobel

cùntellys adro dhe'n flogh ha hy owth uja. Ny dhysqwedhas ev emôcyon vëth ha ny wrug ev resystens vëth; saw ev a veras orthyf gans golak, o mar hager, may whrug vy dallath whesa kepar ha pàn veuma ow ponya termyn pell. An bobel neb o cùntellys o teylu an vowes hy honen, ha scon lowr y teuth an medhek neb a veu somonys. Wèl, nyns o an flogh drog-pystygys, ny veu hy ma's ownekhës, warlergh breus an medhek; hag ena nebonen a wrussa cresy hedna dhe vos dyweth an mater. Saw yth o cyrcùmstans pòr goynt i'n whedhel. Me a gemeras scruth pàn welys vy an den kyns oll. Teylu an vowes a wrug an keth tra, dell hevel, ha nyns o hedna ma's tra natùral. Saw me a veu sowthenys gans omdhegyans an medhek. Ev o an apotecary ûsys, nyns o y oos na'y lyw tra vëth arbednek, yth o yêth Dineydyn dhe verkya yn crev wàr y gows ha'y emôcyons o mar vew avell pîbow sagh. Wèl, a syra, ev o kepar ha'n remnant ahanan; peskytter may whrella va meras orth ow frysner, me a welas fatell wre an medhek trailya clâv ha gwydn hag y carsa y ladha. Me a wodhya pandr'esa ev ow predery, poran kepar dell wodhya ev pëth esen vy ow predery. Ha dre rêson na alsen ny y ladha, ny a wrug an dra nessa dhodho. Ny a leverys dhe'n den y halsen ny gwil sclandrans a'n mater, ha hedna a vynsa gwil dh'y hanow ev flerya dhia an udn tenewen a Loundres bys in y gela. Mara'n jeva cothman vëth pò worshyp vëth, ny a vynsa mos ragtho ev dh'aga helly yn tien. Hag oll an termyn-na, pàn esen ny ow settya orto yn tobm, yth esen ny worth y wetha rag an benenes, rag y o mar wyls avell bagas gwrahas. Bythqweth ny welys vy kelgh haval a fassow dysawour; hag otta an den in aga mesk, calmynsy hautyn ha dyspraisyans wàr y vejeth—saw ev o ownek kefrës, dell o apert—saw yth esa ev ow qwil mêstry kepar ha'n Jowl y honen. 'Mars owgh why whensys dhe wainya mona in mes a'n wharvedhyans-ma,' yn medh ev, 'me ny allaf omweres heb mar. Gwell yw gans pùb den jentyl goheles kedrydn,' yn medh ev. 'Campollowgh agas prîss.' Wèl, ny a dhemondyas cans puns rag teylu an flogh. Apert o ev dhe dhesîrya agan sconya; saw yth esa neppyth in semlant agan felshyp esa ow styrya meschauns dhodho, ha wàr an dyweth ev a acordyas. An nessa tra o cafos an mona; ha dhe ble whrug ev

agan dry, esta ow cresy, marnas dhe'n tyller-na usy an daras ino? Ev a gemeras alwheth in mes a'y bocket, entra ha dewheles heb let ha deg puns in bathow owr ganso ha checken dhyworth Arhanty Coutts rag remnant an mona, ha'n sùmen dhe dylly dhe'n degor ha sînys gans hanow, na allama campolla, kynth ywa onen a boyntys ow whedhel. Hanow o neb yw aswonys dâ hag a veu pryntys yn fenowgh. Myns an mona o uhel lowr, saw an sînans a via dâ rag moy ages hedna, a pe va warrantus. Me a vedhas leverel dhe'n den nag esa semlant an gwiryoneth wàr an mater. Na wra den in bêwnans kenyver jorna, entra aberth in selder orth peder eur myttyn, ha dos in mes arta ha checken nebonen aral in y dhorn rag cans puns ogasty. Saw ev o cosel ha leun scorn. 'Bydner re wrella hedna agas trobla,' yn medh ev, 'Me a vydn gortos genowgh erna vo an arhantiow egerys, ha me ow honen a wra cafos an mona dhywgh gans an jecken.' Indella ny oll a dhalathas wàr agan fordh, an medhek, tas an flogh, agan cothman ha me ow honen, ha ny a bassyas remnant an nos i'm chambours; ternos, wosa debry haunsel, ny êth oll dhe'n arhanty. Me a offras an jecken ow honen in udn leverel me dhe gresy hy dhe vos fâls. Nag o màn. Gwiryon o an jecken."

"Tety valy," yn medh Mêster Ùtterson.

"Me a wel te dhe jùjya an mater kepar ha me," yn medh Mêster Enfield. "Ea, drog-whedhel ywa. Rag an gwas-na o nebonen na vynsa den vëth cowethya ganso, sherewa pur in gwiryoneth; ha'n den neb a screfas an jecken o den jentyl pòrra wordhy, gerys brâs inwedh hag in gwetha prës nebonen a vëdh ow qwil dâ i'n bës, dell ywa gelwys. Godrosladrans o, dell gresaf; den onest neb a resa tylly rag prattys fol in dedhyow y yowynkneth. Rag hedna Chy Godrosladrans yw ow hanow vy rag an tyller usy an daras ino. Saw yma Godrosladrans pell dhyworth clerhe pùptra, why a wor," ev a addyas, ha gans hedna ev a dewys, gyllys in prederow.

Ev a veu tednys dhyworth y brederow gans Mêster Ùtterson in udn wovyn dhesempys, "A ny wodhowgh why yw tregys ena screfor an jecken?"

"Tyller pòr lyckly, a nyns ywa?" Mêster Enfield a worthebys. "Saw me re verkyas y drigva ev. Yma va tregys in neb plain pò y gela."

"Hag a wrussowgh why bythqweth govyn adro dhe'n tyller usy an daras ino?" a leverys Mêster Ùtterson.

"Na wrug, a syra. Me a'n jùjyas re dyckly," ev a worthebys. "Gwell yw genef yn certan sconya dhe wovyn qwestyons. Re haval yw hedna dhe vaner dëdh breus. Yth esta ow tallath qwestyon, ha kepar yw ha dallath rollya men. Otta jy esedhys wàr dop an vre; hag yma an men ow mos in kerdh owth omwheles meyn erel ha scon lowr pedn neb cothwas sempel (an den dewetha a wrusses predery anodho) a vëdh sqwattys in y lowarth adhelergh ha res yw dhe'n teylu chaunjya aga hanow. Nâ, a syra; rewl fast dhybm yw: dhe voy coynt usy neppyth owth omdhysqwedhes, dhe le a wrama govyn."

"Rewl fest dâ yw hy inwedh," yn medh an laghyas.

"Saw me re studhyas an tyller ragof ow honen," Mêster Enfield a bêsyas. "Scant ny yller an tyller-na bos gelwys chy. Nyns eus ken daras vëth aberth ino, ha nyns eus den vëth owth entra ino nag ow tos in mes a dharas ow whedhel, marnas den jentyl ow aventur, ha hedna bohes venowgh. Yma teyr fenester ow meras orth an gort wàr an kensa leur, saw nyns eus fenester vëth awoles. An fenestry yw degës pùpprës saw glan ynsy y. Hag yma chymbla wàr an tyller inwedh a vëdh ow megy dell yw ûsys; res yw ytho nebonen dhe vos tregys ena. Saw nyns yw hedna certan naneyl; rag yth yw an byldyansow adro dhe'n gort herdhys mar glos an eyl warbydn y gela, mayth yw cales leverel ple ma onen anodhans ow tewedha ha'y gela ow tallath."

An dhew dhen a gerdhas in rag pols heb leverel ger vëth; hag ena "A Enfield," yn medh Mêster Ùtterson, "rewl dhâ yw an rewl-na dhis."

"Yw, me a grës," Enfield a worthebys.

"Saw bytegyns," an laghyas a bêsyas, "yma udn qwestyon a garsen govyn: me a vydn godhvos hanow an den neb a stankyas wàr an flogh."

"Wèl," yn medh Mêster Enfield, "ny welaf drog vëth in hedna. Ev o den gelwys Hyde."

"Hm," yn medh Mêster Ùtterson. "Pana semlant a'n jeves ev?"

"Cales yw derivas fatl'esa ev owth apperya. Yma neppyth cabm ganso; neppyth nag yw ewn, neppyth casadow pur. Ny welys vy bythqweth den esen vy owth hâtya kebmys, saw scant ny worama prag. Res yw ev dhe vos dyfelebys in neb fordh; yma va ow ry an argraf a vos dyfelebys, kyn na allama leverel yn ewn pëth yw cabm ganso. Den coynt dres ehen ywa, saw ny allaf leverel pana radn anodho yw warbydn ûsadow. Na, a syra, ny allaf vy clerhe an mater. Ny allama leverel dhywgh pana semlant eus dhodho. Ha ny dheu hedna dhyworth fowt ow hov; rag me â ragtho, me a yll y weles i'n very tor'-ma."

Mêster Ùtterson a gerdhas pols heb leverel tra vëth hag apert o ev dhe vos ow consydra yn town. "Why yw certan ev dhe ûsya alwheth?"

"A syra dâ…" Enfield a dhalathas, sowthenys brâs.

"Ea, me a wor," yn medh Ùtterson. "Me a wor bos an dra owth apperya coynt. An gwiryoneth yw hebma: mar nyns esoma ow covyn orthys pëth o hanow an den aral, hèn yw dre rêson y vos aswonys dhybm solabrës. Te a wel, a Richard, fatell dheuth dha whedhel tre. Mar peusta cabm in neb poynt, gwell via dhis y amendya."

"Me a grës y talvia dhis ow gwarnya," y goweth a worthebys hag ev nebes serrys. "Saw me re beu compes yn tien, dell esta ow leverel dha honen. An gwas a'n jeva alwheth; ha pella ev a'n jeves alwheth whath. Me a'n gwelas orth y ûsya le ès seythen alebma."

Mêster Ùtterson a hanajas yn town, saw heb leverel ger vëth; ha'n den yonk a dhalathas côwsel arta heb let. "Ot obma lesson ragon ny dhe sconya dhe leverel tra vëth," yn medh ev. "Me a'm beus sham a'm tavas hir. Gesowgh ny dhe acordya na wren ny nefra campolla an mater-ma arta."

"Gen oll ow holon vy," yn medh an laghyas, "Me a vydn shakya dewla genes wàr hedna, a Richard."

CHAPTRA II

OW WHELAS MÊSTER HYDE

An gordhuwher-na Mêster Ùtterson a dheuth tre dh'y jy bacheler ha poos o y spyrys. Ev a esedhas dhe gynyewel heb plesour vëth. Yth o y ûsadow de Sul, pàn vedha gorfednys y brës boos, esedha ryb an tan, neb lyver a dhyvynyta sëgh wàr y vord redya, ha remainya ena erna wrella clock an eglos ogas dhe'n chy seny rag hanter-nos. Ena y whre va mos dh'y wely in maner dhooth ha gans grassow in y golon. An gordhuwher-na bytegyns, peskytter may feu kemerys in kerdh lien an bord, ev a dherevys cantol hag entra in y rom negyssyow. Ena ev a egoras y gofyr saw, hag in mes a'n radn moyha pryva anodho ev a gemeras in mes dogven henwys wàr an maylyor Lyther Kemyn an Doctour Jekyll. Ùtterson a esedhas, plegys y dâl, may halla va y whythra yn tâ. An dhogven o screfys yn tien in dorn an kemynor, rag Ùtterson a sconyas kemeres radn vëth in darbary an scrif, kynth esa hy in dadn y with ev i'n tor'-na. An lyther kemyn a erhys, in câss an mernans a Henry Jekyll, M.D., D.C.L., L.L.D., F.R.S, hag erel, may fe oll y bosessyon rës inter dewla "y gothman ha masoberor Edward Hyde," ha pella, "mar teffa Doctour Jekyll mos mes a wel pò forsâkya y ober heb styryans dres moy ès try mis," an Edward Hyde ragleverys a dalvia kemeres le Henry Jekyll dystowgh hag ev frank a sawgh pò a ambos vëth moy ès tylly nebes sùmednow bian dhe esely mêny an medhek. Yth o uthyk an dhogven-na in lagasow an laghyas nans o termyn hir. Cas o an lyther ganso avell den a'n laha hag avell nebonen mayth

17

o dâ ganso pùptra dhooth hag ûsys i'n bêwnans, nebonen a gresy nag o fantasy dhe drestya. Bys i'n tor'-na ev a wre serry dre rêson nag o Mêster Hyde aswonys dhodho; saw lebmyn, ev dhe wodhvos adro dhe Hyde o scruth dhodho. Yth o an mater drog lowr, pàn nag o an hanow ma's hanow na wodhya tra vëth anodho. Lacka o pàn esa an keth hanow ow tallath kemeres warnodho teythy casadow; ha spessly lebmyn pàn wrug lebmel in mes a'n nywl boll a wrug dallhe y lagasow mar bell an fygur cler a jevan mes a iffarn.

"Me a gresy y vos muscogneth," yn medh ev in udn settya an paper uthyk i'n cofyr saw, "ha lebmyn yth esoma ow tallath kemeres own y vos bysmêr."

Gans hedna ev a dhyfudhas y gantol, gorra y gôta brâs adro dhodho ha dallath wàr an fordh tro ha Plain Cavendish, tyller an vedhygyon, le mayth o tregys y gothman Doctour Lanyon meur y hanow, ha may whre va recêva y glevyon, mar lies aga nùmber. "Mar cor den vëth," ev a brederys, "Lanyon a vëdh an den-na."

An botteler sad a'n aswonas ha'y wolcùbma; ny veu va constrînys dhe wortos, saw y feu hùmbrynkys dystowgh dhyworth an daras bys i'n rom kynyewel, mayth o Doctour Lanyon esedhys y honen oll a-ugh gwedren a win. Ev o den jentyl jolyf, yagh, brav, rudh y fâss ha blew tew, gwydn dhyrag y dermyn, ha gîsyow egerys ha fyrm dhodho. Pàn welas ev Mêster Ùtterson ev a labmas in bàn dhywar y jair rag y wolcùbma gans y dhewla. An gwrians-na a apperyas nebes re golodnek, saw yth esa gwiremôcyon adhelergh dhodho. Rag an dhew dhen-ma o cothmans coth, cowetha i'n scol hag i'n coljy, ha tra nag yw gwir pùpprës i'n câss a'n sort-na, y a vedha plêsys an eyl gans company y gela.

Warlergh côwsel nebes a daclow trufyl, an laghyas a gampollas an mater esa worth y drobla kebmys.

"Me a sopos, a Lanyon," yn medh ev, "te ha me dhe vos an cothmans cotha a'n jeves Henry Jekyll."

"Soweth nag yw an cothmans yonca," yn medh Doctour Lanyon in udn wherthyn in y vriansen. "Saw me a sopos ny dhe vos indella. Ha pana vater yw hedna? Nyns esoma worth y weles saw anvenowgh an dedhyow-ma."

"In gwir?" yn medh Ùtterson. "Yth esen ow cresy an keth taclow dhe vos a les dhywgh agas dew."

"Yth êns kyns lebmyn," ev a worthebys, "Saw yma moy ès deg bledhen tremenys abàn wrug Henry Jekyll tevy re leun a fancy ragof vy. Ev a dhalathas mos in sowthan in y vrës. Ha kyn whrug vy pêsya dhe vos kerenjedhek dhodho, dre rêson agan bos cothmans mar bell, malbew dabm a welys vy a'n den nans yw termyn pell. Flows a'n par-na heb fùndyans in sciens," an medhek a addyas in udn rudhya down, "a vynsa kescar Damon dhyworth Pythias."

An tôkyn-na a sorr a sewajyas Mêster Ùtterson nebes. "Ny wrussons ma's fyllel dhe acordya wàr neb poynt a sciens," ev a brederys; ha dre rêson nag o maters a sciens a les vëth dhodho (marnas ow tùchya an mater a stâtya treven), ev a leverys dhodho y honen, "Nyns ywa tra vëth lacka ès hedna!" Ev a ros tecken dh'y gothman dhe dhascafos y galmynsy, hag ena ev a dheuth bys i'n qwestyon ova whensys dhe vôvya. "A wrusta bythqweth metya coweth dhodho—nebonen henwys Hyde?" ev a wovydnas.

"Hyde?" yn medh Lanyon. "Na wrug. Bythqweth ny glôwys vy anodho. Nyns o va coweth dhodho in ow thermyn vy."

Hèn o oll an derivas a dhug an laghyas tre ganso bys i'n gwely brâs, tewl, a wrug ev tossya aglêdh hag adhyhow warnodho bys in ourys avarr an myttyn. Bohes confort a gafas ev an nos-na, ow lavurya in y vrës, ow lavurya in tewolgow hag assaultys dre lies qwestyon.

Clegh an eglos ogas dhe jy Mêster Ùtterson a sonas whegh eur myttyn, hag yth esa ev whath ow whelas assoylya an problem. Bys i'n eur-na ny wrug an mater y dùchya marnas in y skians yn udnyk. Saw i'n tor'-ma yth esa y imajynacyon owth obery, pò martesen moy gwir via leverel bos y imajynacyon keth dhe'n qwestyon; ha pàn esa ev ow crowedha hag ow tossya i'n tewolgow tew a'n nos ha'n croglednow degës, yth esa whedhel Mêster Enfield owth apperya dhyrag lagasow y vrës kepar hag in rew a byctours golowys. Ev a wely in y bedn gwelyow brâs a wolowys i'n cyta dres nos; ena an fygur a dhen ow kerdhes yn uskys; ena flogh ow ponya dhyworth chy an medhek; hag ena an re-na a wre

metya, ha'n jowl in form den a wre stankya wàr an flogh ha kerdhes in rag, heb gwil vry a'y scrijow hy. Poken ev a wely rom in chy rych, mayth esa y gothman ow cùsca, ow qwil hunros hag ow minwherthyn, hag ena daras an chambour a vedha egerys, croglednow an gwely tednys adenewen, hag otta! yth esa ow sevel ryptho fygur neb a'n jeva power, hag i'n prës marow-na a'n nos kyn fe res o gwil warlergh y arhadow. Yth esa an fygur i'n dhew byctour-ma ow menowhy imajynacyon an laghyas oll an nos; ha mar qwrug ev codha in cùsk in termyn vëth, ny wre va ma's gweles dhe glerra an keth fygur-na ow slynkya in dadn gel dre dreven hunek, pò ow kerdhes dhe voy ha dhe voy uskys, erna veu Ùtterson pednscav, dre ger droya golowys an cyta, hag orth kenyver cornel ow prêwy flogh hag orth hy gasa owth uja. Ha whath ny'n jeva an fygur fâss vëth may halla va y aswon dredho; in y hunrosow aga honen, ny'n jeva fâss vëth, poken bejeth neb a wre y sowthanas ow tedha dhyrag y lagasow; hag indella y wharva may terevys ha may tevys whans uthyk brâs in brës an laghyas dhe vetya gans an gwir-dhen Mêster Hyde, dhe weles y vejeth in gwiryoneth. Mar teffa ev unweyth ha meras orto, ev a gresy an mystery dhe scafhe ha martesen dhe rollya in kerdh yn tien, kepar dell o ûsys gans taclow leun a vystery, pàn vowns y whythrys yn tâ. Ev a alsa martesen gweles an rêson rag preferryans coynt pò kethneth y gothman (gwra y elwel an pëth a vydnes), ha rag kevalsen varthys an lyther kemyn. Dhe'n lyha y fia a les gweles an bejeth a dhen nag esa denseth na mercy ino; bejeth, na resa dodho ma's omdhysqwedhes rag sordya in Enfield mygyl ha fast an spyrys a gas heb dyweth.

Dhyworth an termyn-na in rag, Mêster Ùtterson a dhalathas menowhy an daras in kilstrêt a shoppys. Myttyn kyns y sodhva dhe egery, orth hanter-dëdh pàn esa an negyssyow pòr vysy ha scant o an termyn, dres nos in dadn loor nywlek an cyta, in dadn wolow a bùb sort hag in ourys dygoweth pò in ourys kenwerth, y hylly an laghyas bos gwelys in y savla dêwysys.

"Mars yw ev Mêster Hyde," ev a brederys, "me a vëdh Mêster Seek."

Ha wàr an dyweth ev a gafas an reward rag y hirberthyans. Nos cler ha sëgh o; rew i'n air; an strêtys mar lân avell leur hel dauncya; ny vedha lanterns an strêtys gwayes gans gwyns vëth saw yth esa ow tôwlel adro patron rêwlys a wolow hag a skeus. Warbydn dheg eur, pàn o oll an shoppys degës, an kilstrêt o dygoweth pur hag awos gromyal isel Loundres oll adro, pòr dawesyk o va kefrës. Sowndys bian o heglew abell; sonyow i'n treven a ylly bos clôwys wàr dhew denewen an strêt; ha mars esa tremenyas vëth ow nessa, Ùtterson a glôwa hedna pell dhyrag dorn. Yth esa Mêster Ùtterson in y savla termyn lowr, pàn glôwas ev an sownd a stappys coynt ow nessa. Der oll y gerdhow i'n nos, ev o ûsys brâs dhe'n fordh may hylly an son a dreys nebonen, hag ev whath abell, spryngya adhesempys in mes a hùbbadùllya hûjes brâs an cyta. Saw ny veu y attendyans bythqweth sordys mar lybm ha mar gler; ha gans crejyans grev ha hegol a sowena ev a omdednas aberth in entrans an gort.

An stappys a nessas yn uskys, ha moghhe adhesempys pàn wrussons trailya cornel an strêt. An laghyas, in udn veras in mes a'n entrans, a welas pana sort den a resa dhodho dêlya ganso. Bian o va ha gwyskys in dyllas plain, ha'y semlant, mar bell dhyworto kynth esa ev, o casadow dhe spyrys an spior in neb fordh. An den êth heb let dhe'n daras bytegyns, ow mos dres an fordh rag sparya termyn; ha pàn esa ev ow kerdhes, ev a dednas alwheth in mes a'y bocket, kepar ha nebonen ow teweheles tre.

Mêster Ùtterson a gerdhas in mes ha'y dùchya wàr an scoodh pàn esa ev ow passya. "Mêster Hyde, me a grës?"

Mêster Hyde a blynchyas ha'y dedn a anal a sias. Saw ny dhuryas y own ma's tecken. Kyn na veras ev orth fâss an laghyas, ev a worthebys heb serry. "Indella me yw gelwys. Pandra garsowgh why?"

"Me a wel fatell esowgh why owth entra," an laghyas a worthebys. "Me yw cothman coth a'n Doctour Jekyll—me yw Mêster Ùtterson a Strêt Gaunt—res yw why dhe glôwes ow hanow. Hag awos me dhe vetya genowgh mar barys avell hebma, me a gresy martesen y halsowgh why ow gasa vy dhe entra."

"Ny wrewgh why cafos an Doctour Jekyll in tre. Gyllys yw alês," Mêster Hyde a worthebys in udn worra an alwheth i'n toll. Hag ena adhesempys, saw heb meras in bàn whath, "Fatla wrussowgh why ow aswon?" ev a wovydnas.

"Mar lavaraf hedna," yn medh Mêster Ùtterson, "a wrewgh why grauntya favour dhybm?"

"Gans plesour," an den aral a worthebys. "Pandr'ywa?"

"A vydnowgh why alowa dhybm gweles agas fâss?" an laghyas a wovydnas.

Mêster Hyde a apperyas hockya, hag ena, kepar ha pàn veu neb preder sodyn devedhys dhodho, ev a drailyas adro in udn dhefia an den aral. Y aga dew a veras an eyl orth y gela pols. "Lebmyn me a wra agas aswon arta," yn medh Mêster Ùtterson. "Hedna a yll bos a brow."

"Ea," Mêster Hyde a worthebys. "Dâ yw ny dhe vetya an eyl orth y gela; ha wàr neb cor y coodh dhywgh godhvos ow thrigva." Hag ev a ros dhodho nùmber in neb strêt in Soho.

"Re Dhuw a'm ros!" yn medh Mêster Ùtterson dhodho y honen, "esa ev inwedh ow predery a'n lyther kemyn?" Saw ev a sensys y brederow dhodho y honen, ha ny wrug ev ma's gromyal rag meneges ev dhe verkya an drigva.

"Ha lebmyn," yn medh an den aral, "fatla wrussowgh why ow aswon?"

"Der an derivas a gefys ahanowgh," a veu an gorthyp.

"Pyw a ros an derivas dhywgh?"

"Ny agan dew a'gan beus nebes a'n keth cothmans " yn medh Mêster Ùtterson.

"An keth cothmans," yn medh Mêster Hyde wàr y lergh ha nebes ronk. "Pyw yns y?"

"Doctour Jekyll rag ensompel," yn medh an laghyas.

"Ny wrug ev leverel tra vëth dhywgh," Mêster Hyde a armas, nebes engrys. "Ny gresyn vy y whrewgh why leverel gow."

"Deus, deus," yn medh Mêster Ùtterson, "nyns yw wordhy an cows-na."

An den aral a scrynkyas ha wherthyn yn whyls. An nessa secùnd, marthys uskys ev a egoras an daras gans y alwheth ha mos mes a wel aberth i'n chy.

An laghyas a savas pols, warlergh Mêster Hyde dh'y asa, hag ancrês brâs dhe redya wàr y fâss. Ena ev a dhalathas kerdhes pòr lent an strêt in bàn, ow powes pùb stap pò dew dhe worra y dhorn wàr y dâl, kepar ha den in ancombrynsy brâs. An problem, esa ev owth ombredery adro dhodho in y gerdh, o neb tra na vëdh assoylys ma's yn anvenowgh. Mêster Hyde o gwydnyk in y fâss ha kepar ha corr in y fygur. Ev a ros an argraf a vos dyfelebys heb dyfelebyans hewel vëth; anwhek o y vinwharth, y omdhegyans tro ha'n laghyas o sort kebmysk uthyk a vethecter hag a volder; hag ev a gowsy in udn whystra, ronk ha nebes trogh y lev; oll an taclow-na o poyntys wàr y bydn, saw ny yllens oll warbarth styrya an scruth, an cas ha'n own a gemeras ev orth Mêster Hyde, taclow a'n par na glôwas ev bythqweth ino y honen kyns. "Res yw bos neb tra aral i'n mater," yn medh an den jentyl ancombrys dhodho y honen, "mar callen cafos hanow ragtho. Duw yn test, scant yw an gwas a gynda mab den, dell hevel dhybm! Yma neppyth a'n den ogo ino, a yllyn ny leverel? Poken a nyns yw ma's whedhel coth an Doctour Fell? Yma golow an tebel-enef ow shînya der y semlant, hag indella yma va ow transformya y gorf a bry? An dra dhewetha, me a grës. Ogh, Harry Jekyll wheg coth, mar qwrug avy bythqweth redya tôkyn Satnas wàr vejeth vëth, y feu va wàr dha gothman nowyth."

Adro dhe'n gornel dhyworth an strêt yth esa plain a dreven coth ha teg, codhys dre vrâs dhyworth aga stât uhel ha settys in mes avell ranjiow hag avell sodhvaow dhe bobel a bùb sort; gravyor-yon mappys, pensery, lahysy drog-gerys ha mainoryon rag negyssyow tewl. Yth o udn mêny bytegyns tregys in pùb part a udn chy, esa ow sevel dew jy dhyworth an gornel. Orth daras an chy-ma, o semlant a rycheth hag a gonfort warnodho, cudhys dell o gans tewolgow marnas dhia an fenester vian a-ughto, Mêster Ùtterson a stoppyas hag a gnoukyas. Servont coth ha gwyskys dâ a egoras an daras.

"Usy an Doctour Jekyll in tre, a Poole?" an laghyas a wovydnas.

"Me a vydn gweles ragowgh, a Vêster Ùtterson," yn medh Poole, in udn asa dhe'n vysytyor entra gans an geryow-na, in portal brâs, isel y nen ha gans lehow orth y leur. Yth esa cùbertys a bredn derow ker oll adro ha'n rom o tobm dhyworth tan spladn egerys (warlergh gis chy brâs i'n pow). "A vydnowgh why gortos obma ryb an tan, a syra? Pò a rov vy golow dhywgh aberth i'n rom debry?"

"Me a vydn gortos obma, gromercy dhywgh," yn medh an laghyas, hag ev a nessas dhe'n tan ha posa wàr ge uhel an olas. An portal-ma, may feu va gesys y honen oll, o an rom moyha kerys a'y gothman, an medhek; hag Ùtterson y honen a levery yn fenowgh y vos an rom moyha plegadow in oll Loundres. Saw haneth yth esa euth in y woos; yth esa fâss Hyde ow crowedha yn poos wàr y gov. Ùtterson a omglôwas (tra nag o ûsys ganso) clâv ha dyvlesys gans an bêwnans. Hag in tristans tewal y vrës, a gresy ev dhe weles godros in golow an tan ow crena wàr an cùbertys polsys hag in ancrês an skeusow ow flyckra wàr an nen. Ev a gemeras meth ev dhe omsensy sewajys, pàn dhewhelys Poole heb let ha derivas Doctour Jekyll dhe vos gyllys in mes.

"Me a welas Mêster Hyde owth entra der an rom dyvynya coth, a Poole," yn medh ev. "Yw hedna ewn, pàn nag usy Doctour Jekyll in tre?"

"Pòr ewn, a Vêster Ùtterson, a syra," an servont a worthebys. "Mêster Hyde a'n jeves alwheth."

"Yth hevel dhybm fatell usy agas mêster ow trestya fest dhe'n gwas yonk-na, a Poole," yn medh an den aral gyllys in prederow.

"Usy, syra, usy in gwir," yn medh Poole. "Ny oll a gafas arhadow dh'y obeya ev."

"Ny gresaf y whrug vy bythqweth metya gans Mêster Hyde?" a wovydnas Mêster Ùtterson.

"Dar, na wrussowgh, a syra. Ny wra va kynyewel nefra obma," an botteler a worthebys. "In gwir nyns eson ny worth y weles mes anvenowgh wàr an tenewen-ma a'n chy. Dell yw ûsys yma va owth entra hag ow mos in mes der an whelva.

"Wèl, nos dhâ dhywgh, a Poole."

"Nos dhâ, a Vêster Ùtterson." Ha'n laghyas a dhalathas wàr y fordh tro ha tre poos y golon. "Harry Jekyll truan," ev a brederys, "yma ow brës ow qwil dhybm owna ev dhe vos in trobel brâs! Ev o gwyls pàn o va yonk, termyn hir alebma yn certan; saw in laha Duw nyns eus Statût Finwedhow vëth. Ea, res yw tarosvan a neb pegh coth, an canker a neb pùnyshment kelys dhe vos ow tos, *pede claudo*, bledhydnyow hir wosa an cov dhe ankevy hag omgerensa dhe wodhaf an fowt."

Ha'n laghyas a veu ownekhës der an preder-na, hag ombredery pols adro dhe vledhydnyow passys y vêwnans y honen, ow sarchya kenyver cornel a'y gov, rag dowt neb Jack-i'n-Box a hager-ober coth dhe lebmel aberth i'n golow ena. Y dhedhyow passys ev ow heb blàm vëth dre vrâs. Bohes tus a alsa redya rolyow aga dedhyow gans le a fienasow agesso ev; saw ev a vedha hùmblys dhe'n dor dre lies onen a'n tebel-daclow a wrug ev, hag ev a vedha derevys in bàn arta dhe rassyans sad hag ownek dre rêson a'n lies tebel-daclow a spêdyas ev dhe woheles. Hag ena wosa dewheles dhe'n mater esa ev ow consydra kyns, gwrihonen a wovenek a veu genys ino. "An Mêster Hyde-ma, a pe va whythrys," ev a brederys, "res yw bos taclow sêcret dhodho y honen; taclow du, dhe jùjya warlergh y semlant. Ha comparys gans an taclow sêcret-na, y fia an dêdys lacka a Jekyll kepar ha golow an howl. Ny yll an mater durya kepar dell yw i'n tor'-ma. Yma va worth ow yêynhe pàn wryllyf predery a'n creatur-ma ow slynkya kepar ha lader bys in gwely Harry; Harry truan, pana dra uthyk rag y dhyfuna! Ha'n peryl anodho, rag mar pëdh godhvedhys gans an Hyde-ma adro dhe'n lyther kemyn, martesen ny vëdh ev parys dhe wortos dhe eryta posessyon an medhek. Me a dal dallath ober lebmyn—mar mydn Jekyll unweyth y alowa dhybm," ev a addyas, "mar mydn Jekyll unweyth y alowa dhybm." Rag arta ev a welas in y vrës, mar gler avell in golow an howl, geryow coynt an lyther kemyn.

CHAPTRA III

YTH O DOCTOUR JEKYLL PÒR ATTÊS

Dyw seythen wosa hedna, dre fortyn dâ, an medhek a ros onen a'y gynyewow plegadow dhe neb pymp pò whegh a'y gothmans. Y oll o tus skentyl ha wordhy ha jûjys a win teg. Mêster Ùtterson a dhevîsyas may whrug ev remainya wosa oll an remnant dhe dhyberth. Ny veu hebma wharvedhyans coynt nowyth, saw neb tra a wharva lies gweyth kyns. Pleth o kerys Ùtterson, yth o va kerys yn frâs. Dâ o gans lies ost sensy an laghyas sëgh wàr dhelergh, pàn esa an re jolyf ha'n re tavosak ow tepartya solabrës; dâ o gans an ostysy-na esedha in y gompany cosel, ow parusy aga honen dhe vos dygoweth, ow qwil dooth aga brës in taw rych an den wosa sqwitha aga honen in lowender. Nyns o an Doctour Jekyll excepcyon vëth dhe'n rewl-na. Hag yth esa ev i'n tor'-na esedhys adâl dhodho wàr an tenewen aral a'n tan—den brâs o va, gwrës yn tâ, smoth y fâss hag ev hanter-cans bloodh, den fascyonus martesen, saw yth esa pùb tôkyn a deythy hag a garadôwder dhe verkya warnodho—apert o dhyworth y dremyn fatell esa va ow sensy Mêster Ùtterson dhe vos y gothman kerys ha lel.

"Me yw whensys dhe gôwsel orthys, a Jekyll," Mêster Ùtterson a dhalathas. "Te a wor adro dhe'n lyther kemyn a wrusta darbary?"

Den glew y lagas a alsa determya martesen nag o plegadow an mater-na dhodho; saw an medhek a'n porthas heb awher.

"Ùtterson, a goweth truan," yn medh ev, "anfusyk osta inof vy avell client. Bythqweth ny welys vy den mar anês adro dhe'm lyther kemym, saw unsel martesen an fâls-scoler gorth-na Lanyon, adro dhe'm camgrejyansow sciensek, dell usy ev orth aga henwel. Ô, me a wor ev dhe vos gwas dâ—nyns eus othem vëth plegya tâl—gwas a'n gwella, saw porposys ov pùpprës y weles moy menowgh; saw fâls-scoler serth ywa bytegyns; fâls-scoler apert ha dyskians. Ny veuma bythqweth mar dùllys gans nebonen dell oma gans Lanyon."

"Te a wor na veuma bythqweth pës dâ gans dha lyther kemyn," Ùtterson a bêsyas, heb gwil vry vëth oll a'n mater nowyth a gows.

"Ow lyther kemyn? Ea, me a wor hedna yn sur," yn medh an medhek nebes lybm. "Te re leverys hedna dhybm."

"Wèl, yth esoma worth y leverel arta," an laghyas a dhuryas. "Me re beu ow tesky nebes ow tùchya Hyde yonk."

Fâss brâs ha teg an Doctour Jekyll a veu gwydn bys in y wessyow, hag y teuth duder adro dh'y lagasow. "Ny garsen clôwes tra vëth moy," yn medh ev. "Hèm yw mater a wrussyn acordya warbarth heb y gampolla."

"Uthyk o an pëth a glôwys vy," yn medh Ùtterson.

"Ny yll hedna chaunjya tra vëth. Nyns yw ow savla vy convedhys genes," an medhek a worthebys, ha nebes dyskevelsys veu y eryow. "Yth esoma in stât tydn, a Ùtterson; pòr goynt yw ow savla—pòr goynt. Hèm yw onen a'n maters-na na yll bos amendys dre gows."

"A Jekyll," yn medh Ùtterson, "aswonys oma dhis. Me yw nebonen a ylta trestya dhodho. Gwra meneges an mater dhybm in dadn fydhyans; ha certan oma y hallaf dha weres dhe scappya in mes anodho."

"A Ùtterson, a goweth," yn medh an medhek, "hèm yw pòr dhâ dhyworthys ha ny allama ry grassow lowr dhis. Yth esoma orth dha gresy yn tien; me a vynsa trestya dhyso jy kyns ès dhe gen den bew, ea, kyns ès dhybmo vy ow honen, a callen gwil an dêwys; saw nyns yw an dra-ma an pëth esta ow tesmygy. Nyns ywa mar dhrog avell hedna; ha rag confortya dha golon dhâ, me a vydn leverel udn dra dhis: kettel vo dâ genef, me a yll fria ow honen

37

dhyworth Mêster Hyde. Me a de hedna dhis. Hag arta me a aswon grassow dhis arta hag arta. Ha me a vydn addya udn ger moy, a Ùtterson, ha sur oma fatell vynta y gemeres yn contentys: mater pryva yw hebma, ha me a'th pës dhe alowa dhodho cùsca."

Ùtterson a ombrederys tecken in udn veras orth an tan.

"Sur oma te dhe leverel an gwir," yn medh ev wàr an dyweth, hag ev a savas in bàn.

"Wèl, dre rêson ny dhe gampolla an negys-ma, ha rag an prës dewetha, dell esoma ow qwetyas," an medhek a bêsyas, "yma udn poynt a garsen te dhe gonvedhes. In gwir yth yw Hyde truan a les brâs dhybm. Me a wor fatell wrusta y weles; ev a'n leverys dhybm; hag yma own dhybm fatell o va dyscortes. Saw in very gwiryoneth an den yonk-na yw a les brâs dhybm, a Ùtterson; ha mar pedhama kemerys in kerdh, me a garsa te dhe bromyssya dhybm fatell wrêta y berthy ha cafos y wiryow dhodho. Me a grës y fynses gwil indella, a pe pùptra godhvedhys genes. Ha mar teffes ha'y bromyssya dhybm, y fia begh brâs derevys dhywar ow holon."

"Ny allama nefra dyssembla ev dhe'm plêsya," yn medh an laghyas.

"Nyns esoma ow pesy hedna," yn medh Jekyll ow plaintya, hag ev a settyas y dhorn wàr vregh y goweth. "Nyns esoma ma's ow pesy jùstys. Nyns esoma ma's orth dha besy dh'y weres rag ow herensa vy, pàn na vyma obma na fella."

Ny ylly Ùtterson ma's hanaja yn town. "Wèl," yn medh ev, "me a wra y bromyssya dhis."

CHAPTRA IV

AN CÂSS A VÙRDER CAREW

Bledhen ogasty moy adhewedhes, in mis Hedra, 18—, Loundres a veu diegrys ow clôwes adro dhe hager-ober uthyk dres ehen, neb o dhe voy nôtys awos roweth uhel an vyctym. Bohes o manylyon an câss ha skyla rag marth inwedh. Mowes servya, neb o tregys hy honen oll in chy ogas lowr dhe'n ryver, o gyllys in bàn dh'y gwely adro dhe udnek eur. Kynth esa nywl ow rollya dres an cyta in ourys bian an myttyn, radn avarr an nos o heb clowd vëth, ha golowys spladn gans an loor leun o an vownder esa fenester an vowes ow meras warnedhy. Yth hevel fatell o hy a natur romantek, rag hy a esedhas wàr hy hofyr, esa ow sevel in dadn an fenester poran, ha hy a dhalathas ombredery. Bythqweth (hy a levery, in udn dhevera dagrow, pàn wrella hy derivas an whedhel), bythqweth ny glôwas hy kebmys cres tro ha pùbonen na colon mar gontentys gans an bës. Ha pàn esa hy esedhys indella, hy a verkyas den coth teg, gwydn y vlew, ow tos an vownder ahës; hag ow nessa dhodho den jentyl aral, pòr vian, ha na wrug hy attendya dhodho kebmys. Pàn dheuthons y mar glos dhe gôwsel an eyl orth y gela (ha hèn o in dadn lagas an vowes poran) an den coth a blegyas ha dynerhy an den aral dre gortesy teg. Ny hevelly dhedhy mater y dhynargh dhe vos a les brâs; in gwir dre rêson ev dhe boyntya gans y dhorn traweythyow, hy a gresy nag esa ev ma's ow covyn adro dh'y fordh; saw yth esa an loor ow spladna wàr y fâss, pàn esa ev ow côwsel, ha plêsys o

an vowes dhe veras warnodho, rag hy a gresy bos caradôwder inocent a'n dedhyow coth dhe vos ow shînya ino, saw gans neppyth aral inwedh, kepar ha'n ês a nebonen contentys dre rêsons dâ ino y honen. Dystowgh hy lagas a wandras bys i'n den aral, ha sowthenys veu hy pàn wrug hy y aswon avell neb Mêster Hyde, rag ev a vysytyas unweyth hy mêster, hag ev a veu casadow gensy heb let. Yth esa lorgh poos in y dhorn, esa ev ow trufla ganso; saw ger vëth ny worthebys ev, saw yth hevelly ev bos ow coslowes gans perthyans cot. Hag ena, adhesempys, ev a dardhas gans flàm uthyk sorr, in udn stankya y droos, ow swaysya y lorgh hag owth omdhon (dell wrug an vowes y dherivas) kepar ha muscok. An den jentyl coth a gemeras udn stap wàr dhelergh, hag yth esa owth omdhysqwedhes fest sowthenys ha nebes offendys inwedh. Gans hedna Mêster Hyde a dorras pùb finweth ha'y fusta dhe'n dor. An nessa mynysen, yth esa ev kepar hag appa engrys ow trettya y vyctym in dadn droos, hag ow lowsya warnodhow hager-awel a strocosow, mayth esa an eskern ow crackya yn heglew in dadnans ha'n corf ow lebmel wàr an fordh. Pàn welas hy ha pàn glôwas hy an taclow uthyk-ma, an vowes a glamderas. Yth o dyw eur myttyn pàn dheuth hy dhedhy hy honen ha somona an creslu. An denlath o gyllys pell; saw otta y vyctym ow crowedha in cres an vownder, hag ev uthyk trogh ha dyfelebys. An lorgh, a veu an drog-ober collenwys ganso o gwrës a neb predn traweythys, pòr grev ha poos. Hèn o terrys i'n cres dre rêson a'n cruelta dybyta; hag onen a'n dhew hanter sqwattys o rollys aberth in shanel ogas dhe'n corf—an hanter aral heb dowt o degys in kerdh gans an denlath. Pors hag euryor a owr a veu kefys wàr an vyctym ha maylyor gans stamp warnodho. Yth esa an vyctym dell hevelly ow ton an lyther-na dhe'n post, hag yth o hanow ha trigva Mêster Ùtterson screfys warnodho.

An lyther-ma a veu degys dhe'n laghyas ternos vyttyn, kyns ès ev dhe sevel; ha kettel wrug ev y weles ha clôwes adro dhe'n cyrcùmstancys, ev a dhysqwedhas fâss trist. "Ny vanaf vy leverel tra vëth," yn medh ev, "bys may whrellen gweles an corf. An drama a alsa bos a boster brâs. Me a vydn agas pesy dhe wortos

obma, erna wryllyf omwysca." Ha gans an keth tremyn trist ev a dhebras y haunsel dre hast ha drîvya dhe orsaf an creslu, rag yth o an corf kemerys dy. Pàn entras ev aberth i'n vagh, ev a bendroppyas.

"Ea," yn medh ev, "aswonys ywa dhybm. Drog yw genef saw hèm yw Syr Danvers Carew."

"Duw yn test, a syra," an offycer a armas, "yw hedna possybyl?" Ha'n nessa mynysyn golow a uhelwhans galwansus a veu anowys in y lagasow. "An mater-ma a vydn gwil clôwyowgh brâs," yn medh ev. "Ha hedna martesen a vydn agan lêdya dhe'n den gylty." Hag ev a dherivas yn scon an pëth a welas an vowes, hag a dhysqwedhas an lorgh trogh.

Mêster Ùtterson a wrug plynchya solabrës, pàn glôwas ev hanow Hyde; saw pàn veu an lorgh settys dhyragtho, ny ylly ev dowtya na fella; terrys trogh dell o va, ev a'n aswonas avell an lorgh a wrug ev y honen presentya lies bledhen alena dhe Henry Jekyll.

"Yw an Mêster Hyde-ma nebonen a hirder isel?" ev a wovydnas.

"Isel dres ehen ha pòr hager y semlant kefrës yw an pëth a leverys an vowes adro dhodho," yn medh an offycer.

Mêster Ùtterson a wrug ombredery; hag ena in udn dherevel y dhorn, "mar mydnowgh why dos genef," yn medh ev, "me a grës y hallaf vy agas kemeres bys in y jy ev."

Yth o an termyn adro dhe naw eur myttyn warbydn an prës-na, hag yth esa kensa nywl a'n sêson i'n air. Yth esa ledn vrâs a lyw an choclet cregys a-ugh an cyta, saw y fedha an gwyns ow chaunjya pùpprës hag ow fêsya an ethow fethys-ma; indella, pàn esa an cab ow cramyas dhia strêt dhe strêt, Mêster Ùtterson a welas nyver marthys a lywyow hag a dhegrês a dewlwolow; rag obma yth o an tyller mar dewl avell gorfen gordhuwher, hag ena y hylly bos gwelys golow gell spladn, kepar ha'n golow a neb tansys coynt; hag in tyller aral whath yth o an nywl terrys in bàn yn tien, ha dewyn tanow a wolow an jëdh a ylly bos gwelys in mesk skethednow troyllek an nywl. Qwartron truethek Soho in

dadn an golowys brottel-ma gans y fordhow mostys, y dremenysy pylednek, y lanterns, na veu dyfudhys bythqweth pò neb o anowys anowyth rag omlath warbydn dhastevedhyans trist an tewolgow, a hevelly dhe lagasow an laghyas dhe vos kepar ha qwartron a cyta in neb hulla uthyk. Ha pella yth o y brederow trist dres ehen; ha pàn wre va meras orth y goweth i'n cab, ev a aswonas ino y honen neppyth a'n euth-na dhyrag an laha ha dhyrag offycers an laha, usy owth assaultya an bobel moyha onest aga honen.

Pàn esa an cab ow stoppya dhyrag an drigva ragleverys, an nywl a dherevys nebes, hag a dhysqwedhas strêt tewl, palys jynevra, bosty Frynkek milus, shoppa rag perna novelys deneren ha saladys dyw dheneren, lies flogh pylednek cùntellys warbarth i'n darasow, ha lies benyn a nacyons dyvers, ow mos in mes, an alwheth in aga dorn, rag eva kensa gwedren jynevra an myttyn; ha'n nessa mynysen an nywl a wrug sedhy arta wàr an qwartron-na, gell kepar ha dor, rag y drehy dhyworth y gentrevogeth bylen. An tyller-ma o chy den moyha kerys Henry Jekyll, an er a fortyn a gwarter myllyon puns sterlyn.

Benyn goth, a lyw dans olyfans hy fâss hag a lyw an arhans hy blew, a egoras an daras. Bejeth bylen a's teva, gwrës smoth gan fêkyl-cher; saw pòr gortes o hy manerow. Ea, yn medh hy, hòm o trigva Mêster Hyde, saw nyns esa ev in tre; ev a dheuth ajy newher pòr holergh, saw gyllys alês o warlergh le ès our; nyns o stranj an mater-na; y ûsadow a vedha fest avrewlys, hag ev a vedha mes a jy yn fenowgh; rag ensompel dew vis o passys ogasty dhia bàn wrug hy y weles bys i'n jëdh de.

"Dâ lowr, dhana, ny a garsa gweles y rômys," yn medh an laghyas; ha pàn dhalathas an venyn leverel na ylly hedna bos, "Gwell via dhybm derivas dhywgh pyw yw an den jentyl-ma," ev a addyas. "Hèm yw Arolegyth Newcomen dhyworth Gardh Scotlond."

Dewyn a lowena gasadow a dhysqwedhas wàr fâss an venyn. "Â!" yn medh hy, "yma va in trobel! Pandr'yw gwrës ganso?"

Mêster Ùtterson ha'n arolegyth a veras yn scav an eyl orth y gela. "Yth hevel nag yw Hyde kerys re gans an bobel," yn medh an arolegyth. "Ha lebmyn, a venyn vas, gesowgh vy ha'n den jentyl-ma dhe veras."

Ny vedha ûsys gans Mêster Hyde ma's nebes rômys, ha nyns esa ken den vëth i'n chy marnas an venyn hy honen. Mebyl chambours Hyde o pòr rych yth esa decernyans dâ dhe weles in pùptra. Yth o cùbert lenwys a win; an plâtyow o gwrës a arhans, afînys o an lienyow; yth o pyctour dâ cregys wàr an fos, ro (dell gresy Ùtterson) dhyworth Henry Jekyll, rag ev o arbenegor in lymnans; ha'n tapîtys o tew hag a lywyow plegadow. I'n tor'-na bytegyns yth esa pùb tôkyn dhe weles i'n rômys fatell vowns y pyllys agensow dre hast; yth esa dyllas tôwlys wàr an leur adro, aga fockettys trailys an tu wàr jy in mes; yth o trockys tedna alwhedhys egerys; ha wàr an olas yth esa crug a lusow loos, kepar ha pàn veu leskys lies paper. An arolegyth a gemeras in bàn dhywarth an lusow an remnant a lyver gwer checkednow na veu consûmys gans an tan; an secùnd hanter a'n lorgh a veu kefys adhelergh dhe'n daras; ha dre rêson hedna dhe gonfyrmya y skeus, an offycer a dheclaryas y honen dhe vos pòr lowen. Y blesour a veu collenwys, pàn wrussons vysytya an arhanty ha dyscudha bos nebes milyow a bunsow in acownt an denlath.

"Why a yll bos certan, a syra," yn medh an arolegyth dhe Vêster Ùtterson. "Ev yw kechys genen. Res yw fatell wrug ev muskegy, poken bythqweth ny wrussa ev gasa an lorgh, pò moy ès pùptra lesky an lyver checkednow. Dar, yth yw mona mar wheg dhe'n den avell y vêwnans y honen. Ny res dhyn ytho ma's y wortos i'n arhanty, ha cregy in bàn avîsyansow."

Saw nyns o an dra dhewetha-na mar êsy dhe gollenwel; rag ny'n jeva Mêster Hyde ma's nebes cothmans—ny wrug mêster an vowes y weles ma's dywweyth yn udnyk; ny ylly trouvya den vëth a'y woos nessa; ny veu va bythqweth fotografys; ha'n bobel, bohes in nùmber, neb a'n gwelas, a dhyffras yn frâs ow tùchya y semlant, tra nag yw warbydn ûsadow. Ny wrêns y acordya ma's

49

wàr udn poynt yn udnyk; hèn o an sens anês a'y vos dyfelebys in neb fordh, neb a wrug argraf mar grev wàr genyver onen a'n gwelas.

CHAPTRA V

WHARVEDHYANS AN LYTHER

Yth o holergh i'n dohajëdh, pàn dhrehedhas Mêster Ùtterson daras Doctour Jekyll, le may feu va gesys dystowgh dhe entra gans Poole, ha degys dre sodhvaow an gegyn ha dres clos, neb o lowarth kyns ena, bys i'n byldyans o henwys an whelva pò an rom dyvynya; nyns o an eyl hanow moy a bris ès y gela. An medhek a bernas an chy dhyworth êrys chyrùrjon brâs y hanow, ha dre rêson an kemek dhe vos moy a les dhodho ès anatomy, ev a jaunjyas porpos an byldyans orth goles an lowarth. Hedna a veu an kensa prës rag an laghyas dhe vos recêvys i'n radn-na a drigva y gothman, hag ev a whythras orth drehevyans tewl dyfenester gans meur a les, hag a veras oll adro gans sens casadow ino a goyntury hag ev ow crowsya an virva, a vedha lenwys a studhyoryon freth i'n dedhyow kyns saw neb esa i'n tor'-na ow crowedha gwag ha tawesyk, daffar kemegyl wàr an bordys, cofrow tôwlys adro wàr an leur, ha cala packya in pùb tyller, ha'n golow gwadn ow codha yn feynt der an to crobm nywlek. Orth an pedn pella, yth esa stairys owth ascendya bys in daras cudhys gans padn gwlân rudh; ha der an daras-na y feu Mêster Ùtterson gesys wàr an dyweth aberth in gweythva an medhek. Rom brâs o gans cùbertys gweder an fosow ahës, hag in mesk taclow erel yth esa ino bord negys ha gweder meras uhel. Dhyworth an teyr fenester bodnek barys gans horn y hylly bos gwelys an gort. Yth esa tan ow lesky wàr an olas; yth esa lantern anowys wàr an glavel, rag i'n chy y honen yth esa an nywl ow tallath growedha yn tew; hag ena,

pòr ogas dhe domder an tan yth o esedhys Doctour Jekyll ha lyw
an mernans wàr y fâss clâv. Ny savas ev in bàn dhe dhynerhy y
vysytyor, saw sensy in mes dorn yêyn rag y welcùbma, ha'y lev a
hevelly bos chaunjys.

"Ha lebmyn," yn medh Mêster Ùtterson, kettel wrug Poole
gasa an rom, "why re glôwas an nowodhow?"

An medhek a grenas. "Yth esens orth y gria in mes i'n plain,"
yn medh ev. "Me a's clôwas i'm rom kynyewel."

"Udn ger," yn medh an laghyas. "Carew o ow client vy, saw yth
owgh why client dhybm inwedh, ha me a garsa godhvos an pëth
esoma ow qwil. Nyns owgh why mar vuscok dhe geles an gwas-
ma?"

"Ùtterson, me a'n te dhis re Dhuw a'm ros," an medhek a
armas, "me a'n te dhis re Dhuw a'm ros, na wrama nefra arta
meras orto ev. Me a'n lever dhis wàr ow fay me dhe vos dewedhys
ganso i'n bës-ma. Yma pùptra gorfednys. Hag in gwir nyns eus
othem dhodho a'm gweres vy. Trest dhybm, ny vëdh clôwys
anodho nefra na fella."

An laghyas a woslowas orto yn trist. Ny blegyas dhodho maner
gwyls y gothman. "Yth hevel te dhe vos sur lowr anodho," yn
medh ev, "ha rag dha gerensa jy, yma govenek dhybm an gwir
dhe vos genes. Mar teffa an mater bys in cort laha, dha hanow jy
a alsa bos campollys."

"Me yw sur anodho yn tien," Jekyll a worthebys; "Yma skyla
genef dhe vos certan na allama derivas dhe dhen vëth bew. Saw
yma udn dra a ylta jy ow hùssulya adro dhodho. Me re—me re
recêvas lyther; ha ny worama poynt a dalvia dhybm y dhys-
qwedhes dhe'n creslu. Me a garsa y worra inter dha dhewla jy, a
Ùtterson. Te a vynsa jùjya yn fur, me yw sur. Yth esoma ow
trestya kebmys dhis."

"Yth esta ow perthy own, me a sopos, y halsa an lyther ledya
dh'y dhyskevra?" a wovydnas an laghyas.

"Nag esof," yn medh y goweth. "Ny allama leverel bos bern
dhybm pandra vydn wharvos dhe Hyde. Me yw gorfednys yn tien
ganso. Yth esen ow predery dhe voy adro dhe'm hanow dâ ow

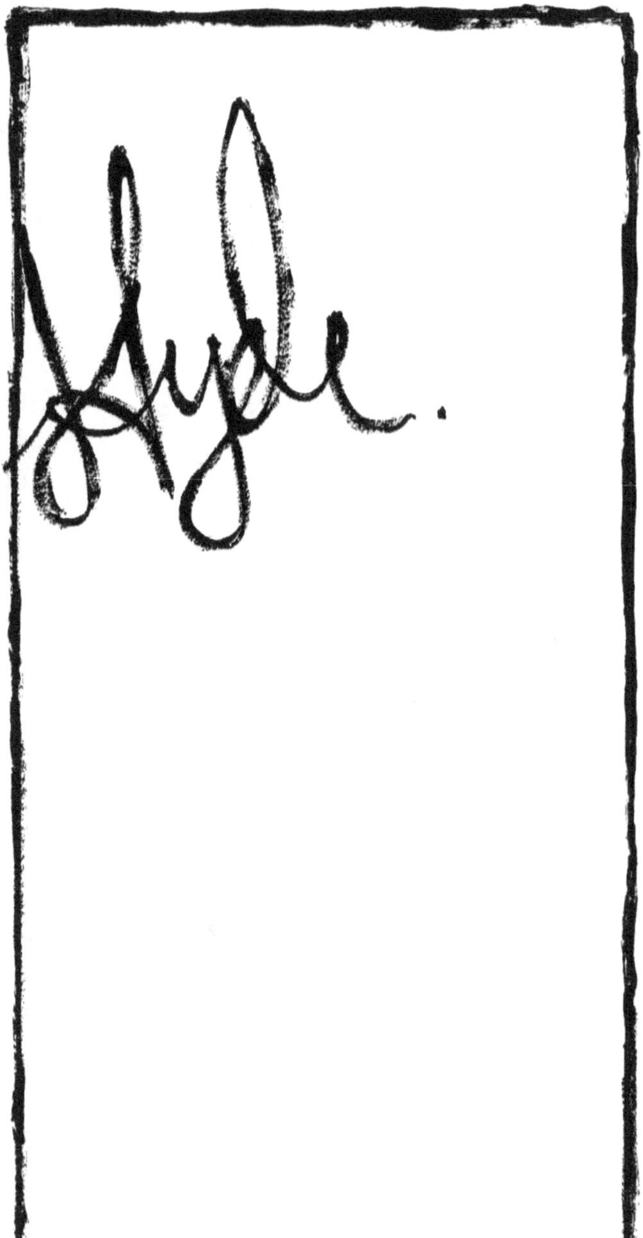

honen. An whedhel uthyk-ma re wrug ow settya dhyrag an bobel nebes."

Ùtterson a ombrederys pols. Sowthenys veu dre lavarow omvodhek y gothman, saw sewajys veu dredhans inwedh. "Wèl," yn medh ev wàr an dyweth, "Gas vy dhe weles an lyther."

Yth o an lyther screfys in dorn coynt ha serth ha sînys o "Edward Hyde." An lyther a leverys wàr verr lavarow nag o othem vëth gans an Doctour Jekyll, masoberor an screfor, a wrug ev aqwitya mar ùnwordhy rag kebmys caradôwder, nag o othem vëth dhodho bos ownek ow tùchya y sekerder y honen, rag an screfor, yn medh ev, a'n jeva fordh dhe scappya, esa ev ow trestya yn crev ino. An lyther a blêsyas an laghyas dâ lowr; yth esa ev ow paintya pyctour gwell a'n gerensa intredhans ès dell esa ev ow qwetyas; hag ev a vlâmyas y honen rag radn a'y skeus ha'y own kyns ena. "Usy an maylyor genes?" ev a wovydnas.

"Me a'n loscas," Jekyll a worthebys, "kyns ès me dhe gonsydra an pëth esen vy ow qwil. Saw nyns esa ev postvark vëth warnodho. An nôten a veu gorrys der an daras dre dhorn."

"A wrama sensy hebma hag ombredery adro dho dres nos?" Ùtterson a wovydnas.

"Me a garsa te dhe jùjya ragof yn tien," a veu an gorthyp. "Me re gollas pùb fydhyans inof ow honen."

"Wèl, me a vydn y gonsydra," an laghyas a worthebys. "Ha lebmyn udn ger moy: a veu Hyde hedna neb a erhys dhis an termys i'th lyther kemyn ow tùchya te dhe vos mes a wel?"

An medhek a omdhysqwedhas adhesempys dhe vos sêsys gans shôra a wander. Ev a dhegeas y anow yn tydn ha pendroppya.

"Me a'n godhya," yn medh Ùtterson. "Porposys o dhe'th voldra. Assa wrusta cafos diank teg."

"Me a gafas neb tra gwell whath," an medhek a worthebys yn solem, "me re gafas lesson—a Dhuw, a Ùtterson, pana lesson a'm be!" Hag ev a gudhas y fâss tecken gans y dhewla.

Pàn esa ev ow tyberth, an laghyas a stoppyas ha chaunjya nebes geryow gans Poole. "Dre hap y feu lyther delyvrys obma hedhyw," yn medh ev. Pana semlant a'n jeva an messejer?" Saw

sur o Poole na dheuth tra vëth marnas der an post, "ha ny dheuth lyther vëth naneyl marnas kelghlytherow," ev a addyas.

An nowodhow-na a dhanvonas an vysytyor in kerdh gans y own dasvewys. Apert o fatell dheuth an lyther dre dharas an whelva; in gwir, screfys veu i'n weythva; mars o an dra indella, nena res o y jùjya in fordh aral, ha handlys gans moy rach. Yth esa an wesyon gwertha paperyow ow cria yn ronk an fordhow ahës: "Dyllans specyal. Mùrder uthyk a Esel Seneth." Hèn o areth encledhyas rag udn cothman ha client, ha ny ylly Ùtterson sevel orth perthy own, rag dowt hanow dâ a gothman hag a glient aral dhe vos tednys wàr nans in lonklyn an sclander. Ev a'n jeva mater tyckly dhe ervira, dhe leverel an lyha; ha kynth o va ûsys dhe fydhya ino y honen, ev a dhalathas desîrya cùssul. Ny ylly ev cafos hodna in maner dhydro, saw y halsa ev martesen pyskessa rag hy hafos.

Yn scon, hag ev esedhys a'n eyl tu a'y olas y honen, ha Mêster Guest, y jif-scrifwas a'y gela, ha hanter-fordh intredhans pellder ewn dhyworth an tan yth esa bottel a win specyal coth, a wrug remainya termyn hir heb gweles golow an howl in selder y jy. Yth esa an nywl whath ow neyjya a-ugh an cyta budhys, le mayth esa an lanterns ow spladna kepar ha jowals; ha dre dag ha dre vog an cloudys codhys-ma, yth esa an processyon a vêwnans an cyta whath ow rollya ahës der an fordhow brâs gans an son a wyns galosek. Saw loos o an rom gans golow an tan. An trenkednow i'n vottel o assoylys pell alena; an lyw empyryal a wrug medhalhe gans an bledhydnyow, kepar dell usy an lyw ow tevy dhe voy rych in fenestry lywys; ha parys o an tomder a lies dohajëdh pooth kydnyaf dhe vos fries ha dhe fêsya nywl Loundres. Heb y verkya an laghyas a vedhalhas. Nyns esa den vëth a wre va sensy le a gevrînow dhyworto ès Mêster Guest; na ny wodhya Ùtterson yn sur a wre va sensy dhyworto kebmys anodhans dell vedha ev porposys. Guest a wrug mos lies termyn dhe jy an medhek wàr negys; aswonys o Poole dhodho; scant ny ylly ev sevel orth clôwes adro dhe Vêster Hyde ha'y vos i'n chy yn fenowgh. Ev a alsa determya taclow ytho. A nyns o va ewn ytho rag Guest dhe weles lyther a vynsa styrya oll an mystery? Ha pella, dre rêson Guest

dhe vos studhyor hag arbenegor a screfa dorn, ev a vynsa gwil an dra dre gortesy ha dre gerensa. An scrifwas pella o cùssulyor; scant ny ylly ev redya dogven mar stranj heb leverel neppyth; ha warlergh an geryow-na an laghyas martesen a vynsa ervira pëth a wre va gwil.

"Ass yw trist an whedhel-ma ow tùchya Syr Danvers," yn medh ev.

"Yw, syra, in gwir. Y feu meur leverys ha prederys gans an bobel adro dhe'n mater," Guest a worthebys. "Heb mar muscok o an den."

"Me a garsa clôwes dha dybyansow ow tùchya hedna, Ùtterson a worthebys. "Yma genef dogven screfys in y dhorn ev. Yth yw hedna intredhon agan dew, rag scant ny worama pandra dal dhybm gwil ganso. Tebel-vater yw dhe'n lyha. Saw indella ywa. Tra ragos ywa: screfa dorn denlath."

Lagasow Guest a spladnas, hag ev a esedhas heb let ha whythra an lyther yn freth. "Nag ywa muscok, a syra," yn medh ev. "Saw pòr goynt yw y screfa dorn."

"Ha dell glôwaf vy, ev yw screfor coynt inwedh," an laghyas a addyas.

I'n very prës-na servont a entras ha nôten ganso.

"A dheuth hedna dhyworth Doctour Jekyll, syra?" an scrifwas a wovydnas. "Me a gresy me dhe aswon an dorn. Tra vëth pryva, a Vêster Ùtterson?"

"Nyns yw ma's galow dhe gydnyow. Prag? Osta whensys dh'y weles?"

"Udn vynysen. Gromercy dhywgh, a syra;" ha'n scrifwas a settyas an dhyw folen ryb y gela ha'ga whythra yn tywysyk. "Gromercy dhywgh, a syra," yn medh ev wàr an dyweth, in udn istyna an dhew baber dhe'n laghyas. "Screfa dorn meur y les."

Y feu taw rag tecken, hag yth esa Mêster Ùtterson ow strîvya ganso y honen. "Prag y whrusta aga homparya, a Guest?" ev a wovydnas adhesempys.

"Wèl, a syra," an scrifwas a worthebys, "yma havalder pòr stranj inter an dhew dhorn; ymowns y aga dew kepar in lies poynt; saw ymowns ow ledry fordhow dyffrans."

"Pòr goynt," yn medh Ùtterson.

"Pòr goynt ywa, dell leverowgh why," Guest a worthebys.

"Res yw heb côwsel adro dhe'n nôten-ma, te a wor," yn medh an mêster.

"Ny wrama côwsel anedhy," yn medh an scrifwas. "Yth esof ow convedhes."

Saw pàn veu Mêster Ùtterson y honen oll an nos-na, ev a worras an nôten in y gofyr saw ha'y dhegea der alwheth, hag ena hy a remainyas alena rag. "Pywa!" ev a leverys dhodho y honen. "Henry Jekyll a wrug fugya dorn screfa denlath!" Ha'y woos a resas yêyn in y wythy.

Chaptra VI

An Pëth a Wharva
dhe Dhoctour Lanyon

Ermyn a bassyas; milyow a bunsow a veu offrys avell reward, rag mernans Syr Danvers o cas dhe genyver onen avell despîtyans dhe'n bobel. Saw gyllys o Mêster Hyde in mes a wolak an creslu, kepar ha pàn na veu va bythqweth. Y feu meur dyscudhys adro dh'y dhedhyow passys ha pùptra o dysonest. Y feu whedhlow derivys a'y gruelta, dybyta ha garow; a'y vêwnans casadow; a'y gowetha coynt, a'n cas a hevelly y sewya pùpprës; saw ny wodhya nagonen pleth esa ev i'n tor'-na. Abàn wrug ev gasa an chy in Soho myttyn an mùrder, ev o defendys dhe ves yn tien; ha tabm ha tabm, kepar dell esa an termyn ow passya, Mêster Ùtterson a dhalathas dascafos kespos y vrës, ha tevy moy cosel ino y honen. Dell gresy ev, y feu mernans Syr Danvers aqwitys yn tâ der an fordh may whrug Mêster Hyde mos mes a wel. Ha lebmyn, warlergh an drog-awedhyans-na dhe vos remôvys, dedhyow nowyth a dhalathas rag Doctour Jekyll. Ev a dheuth in mes a'y vêwnans dygoweth, ev a wrug nowedhy y gowethyans gans y gothmans, arta ev a veu aga ôstyas ûsys ha dydhanor; ha kynth o va gerys dâ kyns avell masoberor cherytas, ev a veu aswonys lebmyn avell nebonen crev y grejyans. Ev a vedha bysy, gwelys yn fenowgh in dadn an ebron; ev a wre dâ; y fâss a hevelly egery ha spladna, kepar ha pàn wodhya ev fatell esa ev ow qwil servys dâ. Dres moy ès dew vis yth esa an medhek ow pewa in cres.

65

An êthves a vis Genver Ùtterson a wrug kynyewel in chy an medhek gans felshyp bian. Y feu Lanyon onen anodhans; hag yth esa fâss an ost ow meras orth an eyl hag orth y gela kepar hag i'n dedhyow coth, pàn êns y cothmans pòr glos. An 12ves dëdh ha'n 14ves dëdh arta, y feu an daras degës warbydn an laghyas. "Yth yw an medhek sensys wàr jy," yn medh Poole, "ha ny vydn ev gweles den vëth." An 15es dëdh ev a assayas arta, hag arta ev a veu sconys. Abàn o va warbydn an prës-na ûsys dh'y weles kenyver jorna ogasty nans o dew vis, Ùtterson a veu trist'hës awos Jekyll dhe dhewheles dh'y vêwnans dygoweth. An pympes nos ev a elwys Guest dhe gynyewel ganso; ha'n wheffes nos ev a vysytyas Doctour Lanyon.

Ena dhe'n lyha ev a gafas cubmyas dhe entra; saw pàn dheuth ev ajy, ev a veu diegrys der an chaunjyans in semlant an medhek. Yth o warrant y vernans screfys yn apert wàr y vejeth. An den rudhyk o tevys gwydn; y gig o codhys dhywarnodho; ev a apperyas dhe voy blogh ha dhe gotha; saw nyns o an tôknys-ma a dhyfygyans corforek a sowthanas an laghyas mar veur avell an wolak in y lagas ha'y omdhegyans a hevelly styrya neb euth down in y vrës. Nyns o lyckly an medhek dhe berthy own a'n mernans; bytegyns hèn o an dra a veu Ùtterson constrînys dhe berthy own. "Ea," yn medh ev dhodho y honen; "ev yw medhek; res yw ev dhe wodhvos y plît y honen ha fatell yw nyverys y dhedhyow; ha ny yll ev godhevel an godhvos." Saw pàn wrug Ùtterson campolla y semlant the vos chaunjys, Lanyon a dheclaryas pòr grev ev dhe vos in dadn sentens a vernans.

"Me a veu diegrys," yn medh ev, "ha ny allama nefra yaghhe. Qwestyon a seythednow ywa. Wèl, ow bêwnans re beu plegadow. Me a'n caras. Ea, a syra, me a'n caras. Yth esoma ow cresy tra-weythyow, mar coffen ny pùptra, y fien ny dhe voy parys dhe dhyberth."

"Yth yw Jekyll clâv inwedh," yn medh Ùtterson. "A wrusta y weles?"

Saw fâss Lanyon a jaunjyas, hag ev a sensys in bàn y dhorn esa ow crena. "Ny garsen gweles namoy a Dhoctour Jekyll, na clôwes tra vëth moy anodho," ev a leverys in voys crev ha diantel. "Me

yw gorfednys yn tien gans an person-na. Ha dell y'm kyrry, na gampoll dhyragof vy hedna, esoma ow consydra dhe vos marow solabrës."

"Tety valy," yn medh Mêster Ùtterson; hag ena wosa powes hir lowr, "A ny allama gwil neb tra?" ev a wovydnas. "Ny agan try yw cothmans fest coth, a Lanyon. Ny wren ny bewa dhe wil ken cothmans."

"Ny yll tra vëth bos gwrës," Lanyon a worthebys. "Govyn orto y honen."

"Nyns ywa parys dhe'm gweles," yn medh an laghyas.

"Nyns yw hedna marth dhybm," a veu an gorthyp.

"Udn jorna, a Ùtterson, pàn vyma marow ha gyllys, te a wra desky martesen an dâ ha'n drog i'n mater-ma. Ny allama y dherivas dhis. Hag i'n mêntermyn, mar kylta esedha obma ha côwsel orthyf adro dhe daclow erel, rag kerensa Duw, gorta rag gwil indella. Saw mar ny ylta sevel orth campolla an mater molethys-ma, ena in hanow Duw, ke dhyworthyf, rag ny allama y berthy."

Kettel wrug ev dhewheles tre, Ùtterson a esedhas ha screfa lyther dhe Jekyll, in udn groffolas ev dhe vos gwethys in mes a'y jy; hag in udn wovyn prag y wharva an dorrva drist-ma gans Lanyon. Ternos vyttyn ev a fanjas gorthyp, ha'n geryow ino o fest trist par termyn, ha par termyn leun a vystery tewl. Nyns esa remedy vëth rag an qwarel gans Lanyon. "Nyns yw agan cothman coth dhe vlâmya," Jekyll a screfas, "saw acordys oma ganso bos res dhyn sconya dhe vetya nefra. Porposys oma alebma rag bewa heb coweth vëth; res yw dhis sevel orth kemeres marth, na ny res dhis dowtya ow herensa dhis, mar pëdh ow daras degës evyn wàr dha bydn jy. Res yw dhis alowa dhybm mos ow fordh du ow honen. Me re dhros warnaf ow honen pùnyshment ha peryl na allama henwel. Me yw an pehador brâssa i'n bës, saw yth esoma ow sùffra dhe'n moyha kefrës. Bythqweth ny brederys vy y hylly an norvës-ma bos tyller rag own ha rag tormens mar uthyk; ha ny ylta jy gwil ma's udn dra, a Ùtterson, rag scaffhe an destnans-ma, ha hèn yw dhe wil revrons dhe'm taw." Sowthenys fest veu Ùtterson; yth o awedhyans grysyl Hyde kemerys

69

dhyworto, an medhek o dewhelys dh'y ober kyns ha dh'y gothmans kyns; seythen alena, yth esa an govenek a oos brâs, jolyf hag onourys ow minwherthyn orto. Ha lebmyn adhesempys, an company a gothmans, cres in y spyrys, hag oll an natur a'y vêwnans o shyndys. Yth esa chaunjyans mar vrâs ha mar sodyn ow styrya muscotter; saw i'n golow a omdhegyans Lanyon hag a'y lavarow, res o bos neb rêson downha ragtho.

Seythen warlergh hedna Doctour Lanyon êth dh'y wely, ha kyns pèdn dhyw seythen ev a veu marow. An nos wosa an encledhyas, may feu Ùtterson fest trist'hës, an laghyas a dhegeas daras y sodhva gans alwheth, hag esedhys in golow udn gantol vorethek, ev a dednas in mes maylyor ha'y settya wàr an bord dhyragtho. Screfys o an drigva dre dhorn ha sêlys o gans sêl Lanyon. Y hylly bos redys wàr an maylyor an lavar-ma: "PRYVA: rag dewla G. J. Ùtterson YN UDNYK, ha mar teu va ha merwel dhyragof vy, *hebma a dal bos dystrêwys heb y redya.*" An re-na o an geryow screfys wàr an maylyor hag ytho own a'n jeva an laghyas a redya an pëth esa ino. "Me re wrug encledhyas udn cothman hedhyw," ev a leverys dhodho y honen, "ha pandra a whervyth mar qwra hedna ladha cothman aral dhybm?" Hag ena ev a dhampnyas y own avell dyslelder, ha terry an sel. Aberveth yth esa ken maylyor, sêlys inwedh ha screfys warnodho, "Ny dal hebma bos egerys erna wrella Doctour Henry Jekyll merwel pò mos mes a wel." Ny ylly Ùtterson trestya dh'y lagasow. Ea, mos mes a wel; obma arta, kepar hag i'n lyther kemyn muscok a wrug ev delyvra arta dh'y auctour, yth o hanow Henry Jekyll kelmys gans an tybyans a vos mes a wel. Saw i'n lyther kemyn, yth esa an tybyans-na ow tos dhyworth tebel-ervirans an den henwys Hyde. Ena yth o va settys rag porpos apert hag uthyk. Saw pàn o va screfys gans dorn Lanyon, pandr'esa ev ow styrya? Ewl dhe wodhvos a sêsyas an fydhyador, may whrella va sconya dhe wil vry a'n dyfen ha sedhy dystowgh aberth in downder a'n mysterys-ma. Saw onour galwansus ha lelder dh'y gothman marow a'n constrînas yn stroth; ha'n packet a gùscas i'n gornel pella aberveth in y gofyr saw pryva.

Udn dra yw sùppressya an ewl dhe wodhvos; ken tra yw hy fetha. Hag y hyller dowtya dhyworth an jëdh-na in rag, esa Ùtterson ow tesîrya an company a'y gothman neb esa whath ow pewa mar dhywysyk avell kyns. Y whre va predery anodho gans caradôwder, saw anês vedha y brederow hag ownek. In gwir y whre va mos dhe vysytya, saw sewajys vedha pàn na wrêns y alowa ajy. Côwsel orth Poole wàr an truthow ha'n air ha sonyow an cyta egerys oll adro dhodho, martesen yth o hedna gwell ganso ès entra aberth i'n chy-na a gethneth bodhek, hag esedha ha kestalkya gans an ancar dywhythrus. In gwir ny'n jeva Poole nowodhow plegadow vëth dhe dherivas. Yth hevelly fatell esa an medhek ow qwetha y honen i'n weythva a-ugh an whelva, hag ev a wre cùsca ena traweythyow; trist o y spyrys, ev o gyllys fest tawesyk; ny wre va redya. Yth hevelly bos neppyth ow posa wàr y vrës. Ùtterson a veu mar ûsys dhe'n nowodhow-ma na wre chaunjya poynt, may cessyas ev nebes na nebes dhe vysytya an chy mar venowgh.

CHAPTRA VII

AN WHARVEDHYANS ORTH AN FENESTER

De Sul pàn esa Mêster Ùtterson ow kerdhes alês dell o ûsys gans Mêster Enfield, y wharva fatell êth aga fordh unweyth arta der an kilstrêt. Pàn wrussons drehedhes an daras-na, y aga dew a savas rag meras orto.

"Wèl," yn medh Enfield, "yth yw an whedhel-na gorfednys dhe'n lyha. Ny wren ny gweles tra vëth na fella a Vêster Hyde."

"Govenek a'm beus na wren," yn medh Ùtterson. "A leverys vy dhywgh fatell wrug avy y weles unweyth, ha fatell veuma kevrednek genowgh in agas scruth why?"

"Ny ylly den y weles heb kemeres scruth," Enfield a worthebys. "Ha pella, res yw why dhe'm jùjya bobba pur, na wodhyen an daras-ma dhe vos an daras adhelergh aberth in chy Doctour Jekyll! Why o dhe vlâmya me dh'y dhyscudha, kyn veuma holergh."

"Why a wrug y dhyscudha ytho, a wrussowgh?" yn medh Ùtterson.

"Saw mars yw taclow indella, ny a yll kerdhes aberth i'n gort ha meras tecken orth an fenestry. Rag leverel an gwiryoneth dhywgh, anês oma adro dhe Jekyll truan; ha kyn fen wàr ves, me a grës y halsa an presens a gothman gwil gweres dhodho martesen."

Yêyn o an gort ha nebes gwlëb, ha lenwys a dewlwolow avarr, kynth o an ebron avàn bryght whath gans an howlsedhas. An fenester in cres an teyr fenester o hanter-egerys; hag esedhys

75

rypthy, ow kemeres an air ha'y semlant trist dres ehen, kepar ha neb prysner in dyspêr, Ùtterson a welas Doctour Jekyll.

"Pywa! Jekyll!" ev a grias. "Yth esoma ow trestya te dhe vos gwellhës."

"Pòr drist oma, a Ùtterson," an medhek a worthebys fest morethek, "pòr drist. Ny wra hebma durya re bell, grassow dhe Dhuw."

"Yth esta ow cortos re wàr jy," yn medh an laghyas. "Gwell via ragos mos in mes ha gwil dhe'th woos gwaya adro yn scav kepar ha Mêster Enfield ha me. (Hèm yw cosyn dhybm—Mêster Enfield—Doctour Jekyll.) Deus lebmyn; kebmer dha hot ha deus in mes rag kerdhes adro genen pols."

"Ass osta dâ," yn medh an den aral in udn hanaja. "Dâ via genef gwil indella in gwir; saw, nâ, nâ, nâ, ùnpossybyl ywa. Ny allama bedha. Saw, a Ùtterson, plêsys brâs oma dha weles jy. Plesour brâs yw hebma dhybm. Me a garsa dha elwel in bàn obma warbarth gans Mêster Enfield, saw nyns yw an tyller-ma compes rag hedna."

"I'n câss-na," yn medh an laghyas, dâ y gnas, "an dra wella ragon ny yw dhe wortos obma wàr woles ha kestalkya genes dhyworth an tyller mayth eson ny."

"Hèn yw an dra poran esen vy ow mos dhe gomendya," an medhek a worthebys gans minwherthyn. Saw scant ny veu an geryow ùttrys, pàn veu an minwharth gweskys dhywar y fâss hag in y le y feu gwelys tremyn a euth hag a dhyspêr, a wrug rewy an very goos i'n dhew dhen awoles. Ny'n gwelsons ma's tecken, rag y feu an fenester herdhys wàr nans dystowgh; saw an syght-na o lowr ragthans, hag y a drailyas ha gasa an gort heb leverel ger. In taw inwedh y êth der an kilstrêt; ha ny wrug Mêster Ùtterson trailya ha meras orth y goweth, erna dheuthons bys in fordh vrâs ogas dhedhans, le mayth esa neb tôknys a vêwnans De Sul y honen. Y aga dew o gwydn i'n fâss; hag yth esa euth ow cortheby dhe'n own in aga lagasow.

"Re wrello Duw agan pardona, re wrello Duw agan pardona," yn medh Mêster Ùtterson.

Saw ny wrug Mêster Enfield ma's pendroppya fest sad ha kerdhes in rag arta heb leverel ger.

CHAPTRA VIII

AN NOS DHEWETHA

Yth o Mêster Ùtterson esedhys ryb y olas gordhuwher war-lergh kydnyow, pàn veu va sowthenys dhe recêva vysyst dhyworth Poole.

"Bednath Duw re'm bo, a Poole, pëth usy worth dha dhry obma?" ev a armas, hag ena wosa meras orto an secùnd treveth, "Pandr'yw an mater?" yn medh ev. "Yw an medhek clâv?"

"A Vêster Ùtterson," yn medh an den, "yth yw neppyth cabm."

"Gwra esedha, hag otta dhis gwedren a win," yn medh an laghyas. "Lebmyn, kebmer dha dermyn, ha lavar dhybm yn cler pëth esta ow whansa.

"Why a wor fordhow an medhek, a syra," Poole a worthebys, "ha fatl'usy worth y dhegea y honen in bàn. Wèl, yth yw degës in bàn arta in y weythva; ha nyns yw hedna worth ow flêsya, a syra. A pe va worth ow flêsya, gwell via genef merwel. A Vêster Ùtterson, a syra, me a'm beus own."

"Lebmyn, a syra dâ," yn medh an laghyas, "gwra styrya dha honen. Pandr'usy ow corra own inos?"

"Dowtys oma nans yw seythen ader dro," yn medh Poole yn crev, heb gortheby an qwestyon, "ha ny allama y berthy na fella."

Yth esa semlant an den ow confyrmya y eryow dâ lowr; chaunjys dhe'n lacka o y fara; ha marnas an prës may whrug ev kensa declarya y euth, ny wrug ev bythqweth meras orth fâss an laghyas. Yth o va esedhys ena, an wedren a win wàr y dhewlin,

ha'y lagasow trailys dhe gornel an leur. "Ny allama y berthy na fella," yn medh ev unweyth arta.

"Deus," yn medh an laghyas, "me a wel fatell eus rêson dâ genes, a Poole, dhe leverel hedna; me a wel bos neppyth poos gyllys cabm. Gwra assaya y dherivas dhybm."

"Me a grës y feu cabmwythres gwrës," yn medh Poole in lev ronk.

"Cabmwythres!" an laghyas a grias, nebes ownekhës, ha parys ytho dhe vos nebes crowsek. "Pana gabmwythres! Pandr'usy an den ow mênya?"

"Ny vedhaf vy leverel, a syra," a veu an gorthyp; "saw a vydnowgh why dos warbarth genama ha'y weles ragowgh agas honen?"

Ny wrug Mêster Ùtterson gortheby, saw ev a savas in bàn ha cafos y hot ha'y gôta brâs; hag ev a welas gans marth fatell apperyas an botteler dhe vos sewajys brâs, ha martesen gans marth mar vrâs whath nag o tâstys an gwin, pàn wrug Poole y settya wàr nans may halla ev y sewa.

Nos yêyn gwaynten in mis Merth o, hag yth esa an loor ow crowedha wàr hy heyn kepar ha pàn veu hy inclînys gans an gwyns, hag yth esa lystednow a gloudys boll ha tanow ow neyjya dres an ebron. Cales o côwsel awos nerth an gwyns, esa ow try an goos in brithednow dh'aga fâss. Ha pella yth hevelly fatell wrug an gwyns scubya an dremenysy dhyworth an strêtys; rag yth esa Mêster Ùtterson ow predery na welas ev bythqweth an part-na a Loundres mar dhygoweth. Gwell via ganso na ve an strêtys indella; bythqweth in oll y dhedhow ny glôwas ev ino y honen whans mar lybm dhe weles ha dhe dùchya y hynsa; rag awos oll y strîvyans ganso y honen, yth esa own dhyrag dorn a veschauns uthyk ow posa wàr y vrës. Pàn wrussons y dhrehedhes, lenwys o an plain a wyns hag a dhoust, hag yth esa an gwëdh tanow i'n lowarth ow whyppya aga honen warbydn an peulge. Poole, neb a veu pâss pò dew dhyragtho oll an fordh, a savas in cres an cauns, hag in despît dhe'n awel yêyn, ev a gemeras y hot dhywar y bedn, ha seha y dâl gans lien dorn rudh. Saw kyn whrug ev fystena ow tos, nyns esa y whes sordys der y omassayans, mès dre neb anken

esa worth y daga; rag y fâss o gwydn, ha'y lev, pàn wre va côwsel, o garow ha trogh.

"Wèl, a syra," yn medh ev, "otta ny obma; ha re wrauntyo Duw na vëdh tra vëth cabm."

"Amen, a Poole," yn medh an laghyas.

Gans hedna an servont a gnoukyas gans rach; an daras a veu egerys wàr an chain, ha lev a wovydnas dhyworth an tu aberveth, "Yw hedna te, a Poole?"

"Yma pùptra ewn," yn medh Poole. "Egerowgh an daras."

Yth o an portal, pàn wrussons entra ino, golowys yn spladn; yth o an tan byldys yn uhel; hag yth esa oll an servysy, tus ha benenes, ow sevel adro dhe'n olas cùntellys kepar ha flock deves. Pàn wrug an vowes gweles Mêster Ùtterson, hy a dhalathas ola yn fol; ha'n goges a grias in mes, "Grassow dhe Dhuw, yth ywa Mêster Ùtteson," ha hy a bonyas in rag kepar ha pàn o hy whensys y vyrla.

"Pywa? Pywa? Esowgh why oll obma?" yn medh an laghyas yn crowsek. "Hèm yw pòr avrewlys, ha fest anwyw. Ny via agas mêster pës dâ."

"Y oll a's teves own," yn medh Poole.

Ny veu côwsys ger vëth. Ny wrug den vëth croffolas. An vowes yn udnyk a dherevys hy lev hag ola yn uhel.

"Taw tavas!" yn medh Poole dhedhy, gans garowder a dhysqwedhas pana ownek o va y honen. Hag in gwir, warlergh an vowes dhe dhallath kynvan mar sodyn, y oll a blynchyas ha trailya tro ha'n daras aberveth hag y ow qwetyas neppyth uthyk dres ehen. "Ha lebmyn," an botteler a bêsyas, hag ev ow côwsel orth maw an kellyl, "dro dhybm cantol, ha ny a vydn procêdya gans hebma dystowgh." Ena ev a besys Mêster Ùtterson may whrella y sewya, ha'y hùmbrank bys i'n lowarth adhelergh.

"Lebmyn, a syra," yn medh ev, "dewgh mar gosel dell yllowgh why. Me a garsowgh may whrellowgh why clôwes heb bos clôwys agas honen. Ha porth cov, a syra, mar teu va ha'gas pesy dhe entra, na wrewgh entra."

Nyns esa nervow Mêster Ùtterson ow qwetyas an geryow dewetha-na, hag ev a gafas jag pàn wrug ev aga clôwes, ha namna

wrug ev trebuchya. Saw ev a somonas y goraj dhodho arta ha sewya an botteler aberth in byldyans an whelva der an virva, gans oll y boxys ha botellow, bys in goles an stairys. Obma Poole a wrug sin dhodho dhe sevel adenewen dhe woslowes; hag ev y honen a settyas an gantol wàr nans hag in udn gùntell oll y golonecter a ascendyas an steppyow ha knoukya nebes ownek y dhorn wàr badn rudh daras an weythva.

"Mêster Ùtterson, a syra, a garsa agas gweles why," ev a grias; ha pàn wrug ev indella, ev a wrug sînys crev dhe'n laghyas dhe woslowes.

Lev a worthebys dhyworth an tu wàr jy. "Lavar dhodho na allama gweles den vëth," yn medh ev dre groffal.

"Gromercy dhywgh, a syra, yn medh Poole, hag yth esa neb sownd a vyctory in y lev. Ev a gemeras y gantol in bàn ha lêdya Mêster Ùtterson wàr dhelergh dres an clos hag aberth i'n gegyn vrâs. Dyfudhys o an tan hag yth esa an whylas ow lebmel wàr an leur.

"A syra," yn medh ev in udn veras orth Mêster Ùtterson in y lagasow, "O hedna lev ow mêster?"

"Yth hevelly bos chaunjys yn frâs," an laghyas a worthebys, pòr wydn, saw ow meras orth y lagasow ev.

"Chaunjys? Wèl, yw, me a grës," yn medh an botteler. "Esoma ugans bledhen i'n chy-ma dhe vos tùllys ow tùchya y lev ev? Nag esof, a syra. Ow mêster re beu ledhys. Ev a veu ledhys eth dëdh alebma, pàn wrussyn ny y glôwes ow kelwel in mes in hanow Duw. Ha pyw usy ena in y le ev? Ha prag yma va ow remainya ena yw neppyth usy ow cria dhe Nev, a Vêster Ùtterson!"

"Pòr goynt yw an whedhel-ma, a Poole. Hèm yw whedhel nebes gwyls, a dhen," yn medh Mêster Ùtterson in udn dhynsel y vës. "Gesowgh ny dhe dhesmygy bos an mater dell gresowgh, gesowgh ny dhe dhesmygy fatell veu Doctour Jekyll—wèl, moldrys, pandra vynsa constrîna an denlath dhe remainya? Nyns usy sens vëth i'n tybyans-na. Nyns ywa warlergh rêson."

"Wèl, a Vêster Utterson, cales yw agas contentya, saw me a vydn y wil bytegyns," yn medh Poole. "Oll an seython dhewetha-ma, why a wor, an den pò an dra, pò pynag oll a vo usy tregys i'n

weythva, re beu ow cria in mes dëdh ha nos dhe gafos neb medhegneth ha ny yll ev y worra in mes a'y vrës. Ev—hèn yw dhe styrya, an mêster—a'n jeva an ûsadow traweythyow a screfa y arhadow wàr folen paper ha'y thôwlel wàr an stairys. Ny gefsyn ny ken tra vëth nans yw seythen. Tra vëth ma's paperyow, ha daras degës, ha'n prejyow boos gesys ena dhe vos drës ajy in dadn gel pàn nag esa den vëth ow meras. Wèl, a syra, kenyver dëdh, ea, ha dywweyth ha tergweyth in keth dëdh, y feu gorhemydnow ha croffal, ha me re beu danvenys dre hast bys in pùb apotecary cowlwerth in Loundres. Ha pùb treveth, pàn wrellen dry an stoff tre, y fedha paper aral owth erhy dhybm dewheles ganso, dre rêson nag o pur, ha ken gorhebmyn dhe gowethas dyffrans. Yma othem brâs a'n medhegneth-ma, a syra, pynag oll devnyth a wreller anodho."

"Eus onen vëth a'n paperyow genes?" Mêster Ùtterson a wovydnas.

Poole a davas in y bocket ha dry in mes nôten grihys, ha'n laghyas in udn bosa moy ogas dhe'n gantol a's whythras gans rach. Yth o an geryow-ma dhe redya inhy: "Yma Doctour Jekyll ow tynerhy gans revrons Mêstrysy Maw. Yma va ow terivas dhedhans yth o avlan aga sampel dewetha ha nag eus prow vëth ino rag y dowl i'n tor'-ma. I'n bledhen 19—Doctour Jekyll a bernas myns brâs lowr dhyworth Mêstrysy M. Yma va lebmyn orth aga fesy dhe whelas fest dywysyk, ha mar pëdh kefys myns vëth a'n qwalyta coth, dh'y dhanvon dhodho dystowgh. Nyns yw bern dhodho an còst. Ny yllyr re posleva valew a'n stoff dhe'n Doctour Jekyll." Bys i'n poynt-na yth esa an lyther ow resek hebask lowr, saw ena gans whethfyans pluven, emôcyon an screfor a dardhas in mes. "Rag kerensa Duw," ev a addyas, "kefowgh dhybm nebes a'n stoff coth."

"Ass yw hobma nôten goynt," yn medh Mêster Ùtterson; hag ena ev a leverys yn lybm, "Fatla wher hy dhe vos egerys genes?"

"Y feu pòr serrys an den in shoppa Maw, a syra, hag ev a's tôwlas wàr dhelergh orthyf kepar ha kebmys mostethes," Poole a worthebys.

"Osta sur fatell yw hebma screfa dorn an medhek?" a laghyas a wovydnas.

"Me a gresy y vos haval lowr dhodho," yn medh an servont nebes crowsek. Hag ena chaunjys y lev ev a leverys, "Saw fatl'yw bern an dorn a's screfas?" yn medh ev. "Me re'n gwelas!"

"Te re'n gwelas?" a dhasleverys Mêster Ùtterson. "Wèl?"

"Ea, in gwir!" yn medh Poole. "Indelma y wharva. Me a dheuth adhesempys aberth i'n virva dhyworth an lowarth. Yth hevelly fatell o va slynkys in mes rag whelas y dhrogga pò pynag oll dra a vo, rag egerys o daras an weythva, hag otta ev orth pedn pella an rom ow sarchya in mesk an boxys. Ev a veras in bàn pàn wrug vy entra, cria in mes ha fysky an stairys in bàn aberth i'n weythva. Ny wrug vy y welys ma's pols cot, saw y savas an blew wàr ow fedn kepar ha pluv. A syra, mars o hedna ow mêster vy, prag yth esa vysour wàr y fàss? Mars o hedna ow mêster, prag y whrug ev cria in mes kepar ha logosen vràs, ha ponya dhyworthyf? Me re'n servyas termyn hir lowr. Hag ena..." An den a dewys ha passya y dhorn dres y fàss.

"An re-ma oll yw cyrcùmstancys fest coynt," yn medh Mêster Ùtterson, "saw me a grës fatell esoma ow tallath gweles golow an jëdh. Apert yw, a Poole, fatell yw dha vêster sêsys der onen a'n clevejow-na usy ow tormentya hag ow tyfeleby an den clâv. Rag hedna, kebmys dell worama, y lev yw chaunjys. Hèn o an skyla ev dhe vos gwyskys in vysour hag ev dhe woheles y gothmans. Hèn yw an rêson ev dhe vos ow whelas an medhegneth-ma mar freth, rag yma govenek dhe'n den truan y whra va dredho cafos sawment wàr an dyweth—re wrauntyo Duw na vo va tùllys! Hèn yw ow styryans-vy. Trist lowr ywa, a Poole, hag uthyk dhe bredery adro dhodho; saw plain ha natùral yw inwedh. Yma pùptra ow cregy warbarth yn tâ, hag indella worth agan delyvra dhyworth own re vràs."

"A syra," yn medh an botteler, ha'y fàss êth gwydnyk brith, "nyns o an dra-na ow mêster vy, ha hèn yw an gwiryoneth. Ow mêster"—obma ev a veras adro dhodho hag a dhalathas whystra—"yw den brav uhel, ha hedna moy kepar ha corr." Ùtterson a whelas protestya. "Dar, a syra," Poole a grias, "a ny

gresowgh why me dhe aswon ow mêster warlergh ugans bledhen? A gresowgh why na worama pana uhel yw y bedn ev in daras an weythva, an tyller may whrug vy y weles pùb myttyn a'm bêwnans? Nâ, a syra, an dra-na esa an vysour adro dhodho, nyns o va Doctour Jekyll poynt—Duw a wor pandr'o va, saw nyns o va Doctour Jekyll poynt; ha me a grës i'm colon fatell veu mùrder gwrës."

"A Poole," an laghyas a worthebys, "mar leverowgh why hedna, ow devar vëdh dyscudha gwiryoneth an mater. Kynth oma whensys dhe sparya emôcyons dha vêster, kynth oma ancombrys der an nôten-ma, usy ow prevy, dell hevel, ev dhe vos whath ow pewa, me a vydn predery y vos ow devar terry an daras-na."

"Â, a Vêster Ùtterson, hèn yw an cows ewn!" an botteler a grias.

"Ha lebmyn otta an nessa qwestyon," Ùtterson a bêsyas: "Pyw a vydn y wil?"

"Dar, why ha me, syra," a veu an gorthyp bold.

"Yth yw hedna leverys yn tâ," an laghyas a worthebys; "ha pynag oll dra a wrella wharvos, me â ragtho, na wrêta kelly dredho."

"Yma bool i'n virva," yn medh Poole; "ha why a yll kemeres dhywgh agas honen gwelen tan an gegyn."

An laghyas a sêsyas an daffar garow ha poos in y dhorn ha'y gesposa. "A wodhesta, a Poole," yn medh ev in udn veras in bàn, "fatell eson ny agan dew ow mos dhe beryllya agan honen?"

"Why a yll leverel indella, a syra, in gwir," an botteler a worthebys.

"Ewn yw ytho ragon dhe gôwsel dhe blebmyk," yn medh an den aral. "Yth eson ny agan dew ow predery moy ès dell eson ny ow leverel. Gesowgh ny dhe veneges pùptra. An fygur-ma esa an vysour adro dhodho, a wrusta y aswon?"

"Wèl, a syra, ev êth mar uskys, ha'n creatur o mar blegys dhe'n dor, na alsen scant y dy," a dheuth y worthyp. "Saw mars esowgh why o styrya o va Mêster Hyde?—dar, ea, me a grës y vosa! Why a wel yth o va a'n keth uhelder ader dro; hag yth esa ev ow qwaya

in keth fordh uskys ha scav. Ha pella, pyw aral a alsa entra ajy dre dharas an whelva? Ny wrussowgh why ankevy, a syra, pàn veu gwrës an mùrder, yth esa an alwheth gans Hyde whath. Saw nyns yw hedna pùptra. Ny worama, a Vêster Ùtterson, mar qwrussowgh why bythqweth metya gans Mêster Hyde?"

"Gwrug," yn medh an laghyas, "me a gôwsas unweyth orto."

"Ena res yw why dhe wodhvos mar dhâ avell an remnant ahanan fatell esa neb tra goynt ow pertainya dhe'n den jentyl-na—neb tra a vynsa ownekhe nebonen—ny worama poran an fordh gompes rag y leverel, a syra, moy ès hebma: yth esowgh owth omglôwes yêyn ha tanow in agas eskern."

"Res yw dhybm meneges fatell glôwys vy neppyth a'n dra-na inof," yn medh Mêster Ùtterson.

"Ea, in gwir," Poole a worthebys. "Wèl, pàn wrug an dra-na gans an vysour adro dhodho, pàn wrug ev lebmel in bàn dhywar an kemygyon kepar ha sym ha fysky aberth i'n weythva, me a glôwas neppyth kepar ha yey ow mos ow heyn wàr nans. Ogh, me a wor nag yw hedna dùstuny vëth, a Vêster Ùtterson; me a wor lowr a lien an lyvrow dhe wodhvos hedna. Saw nebonen a'n jeves y emôcyons, ha me a'n te dhis wàr an beybel fatell o Mêster Hyde an dra-na!"

"Ea, ea," yn medh an laghyas. "Yma ow dowtys ow honen ow mos dhe'n keth tyller. Yma own dhybm, y whre drog—y whre drog dos dhyworth an cowethyans-na. Ea, in gwir. Me a'th crës; me a grës fatell veu Harry truan ledhys; ha me a grës inwedh fatell usy an denlath (ny wor den vëth ma's Duw praga) whath ow lùrkya in chambour y vyctym. Wèl, re bo venjans agan hanow ny. Gwra gelwel Bradshaw."

An gwas a dheuth pàn veu gelwys, hag ev o pòr wydn ha frobmys brâs.

"Bëdh manly, a Bradshaw," yn medh an laghyas. "Yma an fowt certuster ow tormentya kenyver onen ahanowgh. Saw porposys on ny lebmyn dh'y worfedna. Poole, obma ha me, ny a wra herdhya agan fordh aberth i'n weythva. Mar pëdh pùptra yn tâ, ledan lowr yw ow scodhow vy dhe dhon oll an blam. I'n mêntermyn, rag dowt tra vëth dhe vos cabm, pò neb drog-oberor

dhe whelas scappya dre geyn an chy, te ha'n maw a res mos adro dhe'n gornel ha dew lorgh dâ genowgh, ha sevel ryb daras an whelva. Ny a vydn ry deg mynysen dhywgh rag drehedhes agas tyller.

Pàn o gyllys Bradshaw, an laghyas an veras orth y euryor. "Ha lebmyn, a Poole, gesowgh ny dhe brocêdya dh'agan tyller ny," yn medh ev. Ev a gemeras gwelen an tan in dadn y asel, hag a lêdyas an fordh aberth i'n clos. Yth o an cloudys uskys gyllys dres fâss an loor ha'n nos o pòr dewl. Nyns esa an gwyns ma's ow whetha traweythyow i'n cow down inter an byldyansow, hag ow tôwlel golow an gantol adro dh'aga stappys, erna dheuthons bys i'n goskes an virva, hag ena y a esedhas dhe wortos heb leverel ger vëth. Yth esa cyta Loundres ow whyrny yn solem oll adro; saw moy ogas dhedhans, ny vedha an taw terrys marnas gans an son a dreys ow kerdhes obma hag ena leur an weythva ahës.

"Hedna a wra kerdhes indella oll an jëdh, a syra," yn medh Poole in udn whystra, "ea, ha'n radn vrâssa a'n nos inwedh. Ny vëdh powes vëth marnas pàn dheffa sampel nowyth dhyworth an apotecary. Ogh, drog-conscyans ywa mars yw cùsca mar gas ganso! Ogh, a syra, yma goos tebel-scùllys in kenyver stap! Saw goslowowgh arta, nebes moy clos—settyowgh agas colon in agas scovornow, a Vêster Ùtterson, ha leverowgh dhybm, yw hedna troos an medhek?"

Yth esa an stappys ow codha yn scav hag yn coynt, hag ow lesca nebes, kynth esens ow mos mar lent. Nyns êns haval dhe dreys poos Doctour Jekyll ow stankya dres an rom. Ùtterson a hanajas. "Eus ken tra vëth?" ev a wovydnas.

Poole a bendroppyas. "Unweyth," yn medh ev, "me a'n clôwas owth ola!"

"Owth ola? Pywa?" yn medh an laghyas, rag devedhys o euth yêyn warnodho.

"Owth ola kepar ha benyn pò enef dampnys," yn medh an botteler. "Me a dheuth in kerdh hag yth esa hedna wàr ow holon, ha me a alsa ola kefrës."

Saw ena an deg mynysen a dhewedhas. Poole a gemeras an vool adhadn rahel a gala packya; y feu an gantol settys wàr an

bord moyha ogas may hallans assaultya an daras; hag y a nessas dhodho fest dianal dhe'n tyller mayth esa an troos, hir y berthyans, ow mos in bàn ha wàr nans in taw an nos.

"A Jekyll," Ùtterson a grias yn uhel, "me a dhemond dha weles." Ev a dewys tecken, saw ny dheuth gorthyp vëth. "Me a re dhis lowr a warnyans; ny a'gan beus skeus adro dhis, ha me a dal dha weles ha me a wra dha weles," ev a dhuryas; "dre vainys teg, mar kyller, ha mar ny yller, dre dhrog-vainys—mars osta acordys, poken dre nerth dorn!"

"Ùtterson," yn medh an lev, "kebmer pyteth ahanaf, rag kerensa Duw!"

'Â, nyns yw hedna lev Jekyll—lev Hyde ywa!" Ùtterson a grias. Torr an daras dhe'n dor, a Poole!"

Poole a lescas an vool dres y scoodh; an strocas a wrug dhe'n byldyans crena, ha'n daras a badn rudh a labmas warbydn an hesp ha'n bahow. Scrij trist, kepar a vest brawehys, a veu clôwys i'n weythva. An vool êth in bàn arta ha panellys an daras a grackyas ha fram an daras a spryngyas. An strocas a godhas pedergweyth, saw crev o an predn ha'n daras o gwrës gans creft a'n gwella. Ny veu bys i'n pympes strocas, erna dardhas an hesp ha'n daras sqwattys a godhas ajy wàr an tapît.

An omsettyoryon a gemeras euth a'ga deray aga honen hag a'n taw neb a'n sewyas. Y a savas wàr dhelergh nebes ha gyky ajy. Yth esa an weythva dhyragthans in golow clor an lantern, tan dâ ow lesky hag ow clattra wàr an olas; an check ow cana yn tanow, nebes trockys tedna egerys, paperyow settys yn kempen wàr an bord negyssyow, ha moy ogas dhe'n tan, an taclow settys in mes rag tê. Nebonen a vynsa leverel, an rom moyha cosel, ha tu avês dhe'n cùbertys adhelergh gweder leun a gemygyon, an rom moyha ûsys in oll Loundres.

In very cres an rom yth esa ow crowedha corf den, dyfelebys yn uthyk hag ev whath ow sqwychya. Y a dheuth nes wàr vleynow troos, y drailya wàr y geyn ha gweles fàss Edward Hyde. Ev o gwyskys in dyllas neb o fest re vràs dhodho, dyllas rag nebonen mar vrâs avell an medhek. Yth esa kerdyn y vejeth whath ow qwaya gans an semlant a vêwnans, saw ev o marow qwît; ha pàn

welas Ùtterson an fiol sqwattys in y dhorn ha clôwes an sawour poos a gnow i'n air, ev a wodhya ev dhe veras orth fâss a dhen neb a ladhas y honen.

"Ny yw devedhys re holergh," yn medh ev yn sevur, "dhe selwel pò dhe bùnyshya. Hyde yw gyllys dh'y vreus. Ha nyns yw gesys dhyn ma's an ober a gafos corf dha vêster."

An radn vrâssa a'n byldyans o leun a'n virva. An leur awoles o an virva yn tien ha golowys o hy dhia avàn, ha gans an weythva, neb esa ow formya an secùnd leur orth an eyl pedn hag ow meras dhe'n dor oth an gort. Yth esa tremenva inter an virva ha'n daras bys i'n kilstrêt; ha'n weythva o jùnys orth hodna der an secùnd res a stairys. Yth esa nebes amarys tewl i'n byldyans ha selder efan. Oll an re-na a veu whythrys yn tywysyk, ha dhe jùjya dhyworth an doust, neb a godhas dhywar aga darajow, apert o na vowns y egerys dres termyn hir. Yth o an selder leun in gwir a daclow coth tôwlys adro whym whàm, hag yth esa an radn vrâssa anodhans i'n tyller dhia bàn veu an chyrùrjon an perhen, kyns ès Doctour Jekyll dhe berna an chy dhyworto. Pàn wrussons y egery an daras, y a gonvedhas dystowgh na vedha prow vëth in whelas na fella rag strail perfect a wias kefnys, esa ow cudha an entrans dres bledhydnyow a godhas dhyragthans. Nyns o tôkyn vêdh a Henry Jekyll bew pò marow in le vëth.

Poole a stankyas orth lehow an dremenva. "Res yw ev dhe vos encledhys obma," yn medh ev, ow coslowes orth sownd y dreys.

"Poken dienkys ywa," yn medh Ùtterson, hag ev a drailyas dhe whythra an daras aberth i'n kilstrêt. Degës o der alwheth; hag ow crowedha ogas dhedhans wàr an lehow, y a gafas an alwheth, namys solabrës gans gossen.

"Nyns usy owth apperya haval dhe ûsyans," yn medh an laghyas.

"Ûsyans!" yn medh Poole. "A ny welowgh why, a syra, fatell ywa terrys? Kepar ha pàn wrug nebonen stankya warnodho."

"Gwelaf," Ùtterson a leverys, "hag yma gossen wàr an torrvaow kefrës." An dhew dhen a veras an eyl orth y gela. "Ny worama convedhes hebma, a Poole," yn medh an laghyas. "Deun ny alebma bys i'n weythva."

Y a ascendyas an stairys heb leverel ger, hag ow meras yn sowthenys traweythyow orth an corf marow, y êth in rag dhe examnya an taclow i'n weythva. Yth esa olow a ober kemegyl, crugellow musurys a neb holan gwydn settys in mes wàr sowcers a weder, kepar ha pàn vowns y parusys rag assay, a veu an anfusyk lettys dhyworto.

"Hèn yw an keth kemyk a wren vy dry ajy dhodho pùpprës," yn medh Poole, hag pàn esa ev ow côwsel, an check a wrug bryjyon in mes gans troos sodyn.

Hedna a's dros ryb an tan, mayth esa an chair brehek tednys in bàn yn attês dhodho, hag yth o taclow an tê parys ryb elyn hedna a via esedhys ino, an shùgra y honen i'n hanaf. Yth esa nebes lyvrow wàr estyllen; onen anodhans o egerys ryb taclow an tê, hag Ùtterson a gemeras marth pàn welas ev fatell o va lyver a dhyvynyta, a wrug Jekyll moy ès unweyth derivas y revrons brâs ragtho. Yth o nôtyansow screfys ino in dorn Jekyll ha blasfemys uthyk êns y.

Nessa, hag y owth examnya an chambour, an whythroryon a dheuth dhe'n gweder meras hir, hag y a veras a'ga anvoth aberth in y dhownder gans euth. Saw trailys o va ma na welsons ino ma's an golow gwydnrudh ow tauncya wàr an to, an tan ow terlentry in cans hevelep tâl gweder an cùbertys ahës, ha'ga fâssow gwydn hag ownek ow posa dhe veras ino.

"An gweder-ma re welas taclow stranj, a syra," yn medh Poole in udn whystra.

"Hag in gwir, nyns eus tra vëth obma moy stranj ès an gweder y honen," yn medh an laghyas in kepar maner. "Pandra wrug Jekyll"—ev a cessyas orth an ger ha plynchya, hag ena fetha y wander—"pandra vedha Jekyll whensys dhe wil ganso?" yn medh ev.

"Why a yll govyn hedna!" yn medh Poole.

Nessa y a drailyas dhe'n bord negys. Yth esa war an aray kempen a baperyow maylyor brâs ha hanow Mêster Ùtterson screfys warnodho in dorn an medhek. An laghyas a'n egoras, ha nebes scrivow a godhas dhe'n dor. An kensa o lyther kemyn parusys in keth termys coynt avell an lyther kemyn a wrug ev ry

arta dhe'n medhek whegh mis alena, dhe servya avell testament in câss mernans hag avell testscrif a gemynro in câss an medhek dhe vos mes a wel; saw in le hanow Edward Hyde, an laghyas er y varth angresadow a redyas hanow Gabriel Jowan Ùtterson. Ev a veras orth Poole, hag ena orth an paper arta, ha wàr an dyweth orth an drog-oberor marow istynys ahës wàr an tapît.

"Yma ow fedn ow troyllya," yn medh ev. "Yth esa an lyther kemyn-ma in y dhewla oll an dedhyow-ma; ny'n jeva ev rêson vëth dhe'm cara; res yw ev dhe fernewy ev y honen dhe vos gorrys in mes a'y le; saw ny wrug ev dystrêwy an scrif-ma bytegyns."

Ev a sêsyas an nessa paper. Nôtyans cot in dorn an medhek o va hag yth esa an dedhyans screfys warnodho avàn. "A Poole!" an laghyas a grias, "yth esa ev ow pewa, hag yth esa ev obma hedhyw. Ny yllyr bos ev dhe vos ledhys in termyn mar got; res yw ev dhe vos whath ow pewa. Res yw ev dhe fia dhe'n fo! Hag i'n câss-na, prag y whrug ev fia? Ha fatla? Hag ena a yllyn ny leverel fatell wrug an den-ma obma ladha y honen? Ogh, res yw dhyn kemeres with. Me a wel ny dhe vagla dha vêster whath in neb meschauns uthyk."

"Prag na wrewgh why y redya, a syra?" yn medh Poole.

"Drefen me dhe vos dowtys," an laghyas a worthebys yn solem. "Re wrello Duw grauntya na vo skyla vëth dhybm dhe berthy own!" Ha gans hedna ev a dhros an scrif dhyrag y lagasow ha redya an geryow-ma a sew:

"A Ùtterson wheg,—Pàn wrella hebma codha inter dha dhewla, me a vëdh gyllys mes a wel; ny allama profusa fatla whervyth hedna. Saw yma ow anyen hag oll cyrcùmstancys ow flît dyhanow ow terivas dhybm fatell usy an dyweth ogas dhybm. Kê ytho ha kyns oll gwra redya an narracyon screfys gans Lanyon hag a wrug ev ow gwarnya adro dhodho y fydna ev y settya intra dha dhewla jy; hag ena mar pedhys whensys dhe glôwes moy, trail dhe'n confessyon screfys gans

"Dha gothman anfusyk ùnworthy

"HENRY JEKYLL."

"Esa an tressa scrif i'n maylyor?" Ùtterson a wovydnas.

"Otta va, a syra," yn medh Poole, hag ev a ros inter y dhewla packet brâs lowr, sêlys in dyvers tyleryow.

An laghyas a'n gorras in y bocket. "Gwell yw heb leverel tra vëth adro dhe'n scrif-ma. Mars yw dha vêster fies, poken mars ywa marow, ny a yll dhe'n lyha sparya y hanow dâ. Deg eur yw an termyn; res yw dhybm mos tre rag redya an dogvednow-ma in cres. Saw me a vydn dewheles kyns hanter-nos, hag ena ny a vydn kerhes an creslu."

Y êth in mes, in udn alwhedha daras an virva adhelergh dhedhans. Hag Ùtterson ùnweyth arta a asas an servysy cùntellys adro dhe'n tan i'n portal, hag ev a gerdhas dh'y sodhva may halla va redya an dhew narracyon a vedha an mystery assoylys inhans.

CHAPTRA IX

NARRACYON DOCTOUR LANYON

An nawves Genver, peswar dëdh alebma, me a fanjas gans lyvrêson an gordhuwher maylyor covrestrys, a wrug ow howeth ha cothman abàn veun ny i'n scol, Henry Jekyll, screfa an hanow ha trigva warnodho. Sowthenys brâs veuma gans hedna, rag nyns en ny ûsys dhe screfa an eyl dh'y gela. Me a welas an den, in gwir me a wrug kynyewel ganso gordhuwher kyns; ha ny yllyn desmygy tra vëth in agan kescows a vydna jùstyfia an formalyta a govrestry lyther dhybm. An lyther y honen a encressyas ow marth, rag an lyther o indelma:

9 Genver, 18—

"Lanyon wheg,—Te yw onen a'm cothmans cotha; ha kyn wrussyn ny dyffra traweythyow ow tùchya qwestyons a sciens, ny allama remembra, dhe'n lyha wàr ow thenewen vy, torrva vëth i'n agan cowethyans. Ny dheuth jorna vëth, mar teffes ha leverel dhybm, 'Jekyll, yma ow bêwnans, ow onour, ow rêson ow powes warnas,' na wrussen sacryfia ow dorn cledh rag gwil gweres dhis. A Lanyon, yth esof ow fydhya dhe'th tregereth ow bêwnans, ow onour, ow rêson; mar teuta ha fyllel dhybm haneth, kellys vedhaf. Te a alsa soposya, wosa an raglavar-ma, fatell esoma ow mos dhe'th pesy dhe rauntya dhybm neb tra dysonest. Gwra jùjya ragos dha honen.

Me a garsa may whrelles dylâtya pùb devar aral rag an nos haneth—ea, kyn festa somonys dhe wely emperour;

gwra erhy cab, mar ny vëdh dha garyach dha honen dhyrag dha dharas i'n tor'-ma; ha gans an lyther-ma i'th torn rag dha gùssulya, deus heb let dhe'm chy. Poole, ow botteler, re gafas y ordrys; te a'n cav ow cortos dha dhevedhyans hag y fëdh gov hespow ganso. Res yw dhis ena forcya daras ow gweythva; te a dal entra dha honen oll; egery an cùbert gwedrys (lytheren E) aglêdh, ow terry an hesp mar pëdh othem; ena te a dal tedna in mes an peswora trock tedna dhywar an top pò an tressa trock tedna dhyworth an goles (an dhew-na yw an keth tra). Dre rêson ow brës dhe vos sowthenys brâs, own uthyk a'm beus a'th kevarwedhya yn cabm; saw mars oma gyllys in stray, te a wra aswon an trock tedna ewn dhyworth an taclow ino: nebes polters, fiol ha lyver paper. Me a'th pës a dhon an trock tedna-ma genes tre bys in Plain Cavendish poran kepar dell ywa.

"Hèn yw an kensa part a'th servys dhybm; ot obma an secùnd part. Ta a dalvia dewheles, mar teuta ha dallath in mes wàr dha fordh kettel wrelles recêva hebma, termyn hir kyns ès hanter-nos; saw me a vydn ry dhis an spâss-na, rag dowt a neb let na yll bos gwelys dhyrag dorn na lettys; hag inwedh dre rêson y fëdh gwell dhis gwil an dra a vo res, pàn vo dha servysy in cùsk. Prës hanter-nos ytho, me a'th pës a vos dha honen oll i'th rom omgùssulya, ha dhe alowa aberth i'th chy den neb a wra presentya y honen dhis i'm hanow vy ha dhe settya inter y dhewla ev an trock tedna drës genes in mes a'm gweythva. Ena dha bart a vëdh gwaries genes ha'm grassow a vëdh dendelys yn tien genes. Pymp mynysen wosa hedna, mar qwrêta inia may fo styryans rës dhis, te a wra convedhes fatell yw an taclow-ma a'n brâssa prow; ha mar teuta ha fyllel dhe gollenwel onen vëth anodhans, kyn fowns y owth apperya angresadow coynt, ow mernans vy a yll bos wàr dha gonscyans poken dhe'n lyha dystrùcsyon ow rêson.

"Kynth oma certan na wrêta sconya dhe wil warlergh ow fejadow, yma ow holon ow codha ha'm dorn ow crena, pàn wrellen tyby martesen te dhe allos ow naha. Preder ahanaf, in tyller stranj, ow sùffra duder anken na alsa fancy vëth gorlywa. Me a wor bytegyns, mar teuta ha'm servya yn compes, fatell wra ow fonvotter rollya dhywarnaf, kepar ha whedhel derivys. Gwra ow servya, Lanyon wheg, rag selwel

"Dha gothman,

"H. J.

"Ger Warlergh—Me re sêlyas an maylyor, pàn wrug euth nowyth sêsya ow enef. Sodhva an Post a alsa fyllel dhybm, hag indella ny wra an lyther-ma dos inter dha dhewla kyns vyttyn avorow. I'n câss-na, a Lanyon wheg, gwra ow negys dhybm pàn vo va an moyha êsy ragos termyn vëth i'n jêdh. Te a yll gwetyas ow messejer prës hanter-nos. Martesen hedna a vëdh re holergh; ha mar qwra an nos-na passya heb wharvedhyans, te a wodhvyth fatell wrusta gweles an wolak dhewetha a Henry Jekyll."

Warlergh redya an lyther-na, me o sur ow howeth dhe vos varys yn tien; saw erna ve hedna prevys heb dowt vëth, me a omsensy kelmys dhe wil herwyth y arhadow. Dhe le a wodhyen convedhes a'n pomstry-na, dhe le a yllyn jùjya an gwiryoneth adro dhodho. Ha ny yllyn settya adenewen galow screfys indella heb pystyga ow honscyans. Me a savas in bàn ytho dhyworth ow bord, cafos cab ha drîvya strait dhe jy Jekyll. Yth esa an botteler orth ow gwetyas; ev a recêvas der an keth post avelof lyther covrestrys a gevarwedhyans, hag ev a gerhas gov hespow ha carpentour. An greftoryon-na a dheuth pàn esen ny whath ow côwsel, ha ny oll êth warbarth dhe virva Doctour Denman coth, rag dhyworty (dell wodhowgh why heb dowt) y hyll entra aberth in gweythva bryva Jekyll. Pòr grev o an daras, an hesp fest dâ; an carpentour a leverys y fedha dhodho meur a galetter, a pen ny porposys dhe ûsya nerth; ha namnag o an gov hespow codhys in dyspêr. Saw

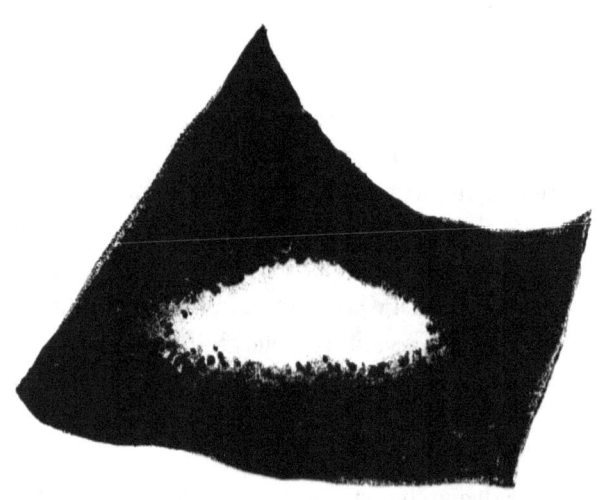

an den dewetha-na o por godnek, ha wosa dew our a lavurya an daras a veu egerys. Nyns o an cùbert merkys E degës gans alwheth; ha me a gemeras in mes an trock tedna hag a erhys may fe va lenwys a gala, kelmys in lien gwely, ha me a dhewhelys ha'n trock tedna genef dhe Blain Cavendish.

Ena me êth in rag ha whythra an taclow esa ino. An polters o gwrës in bàn fest kempen, saw nyns o musurans dainty an apotecary dhe weles inhans; apert o ytho fatell wrug Jekyll y honen aga gorra warbarth; ha pàn egerys vy onen an paperyow adro dhodhans, me a drouvyas neppyth a hevelly bos an crystalys a holan sempel. Nessa me a whythras an fiol; yth o va hanter-leun a lydn goosrudh, mayth o y sawour poos lowr hag a hevelly dhybm dhe sensy fosforùs ino ha neb kemyk ethadow. Ny ylly desmygy poynt pandr'o an taclow erel ino. An lyver o lyver kebmyn nôtyansow, ha scant nyns esa tra vëth ino ma's rew dedhyansow. Yth esa an dedhyow-na ow pertainya dhe dermyn hir a lies bledhen, saw me a welas fatell cessyas an rol anodhans sodyn lowr bledhen alebma ogasty. Obma hag ena yth o lavar screfys ryb dëdh, dell o ûsys tra vëth ken ès udn ger: "dobyl", a ylly bos gwelys whegh treveth martesen in mes a nebes cansow; hag unweyth pòr avarr i'n rol ha sewys gans nebes nosow garm, "mothow dien!!!" Kyn feu ow ewl dhe wodhvos sordys der oll an taclow-na, bohes a dheskys vy yn certan. Ot obma fiol a neb holan, ha'n record a rew a brevyansow na lêdyas (kepar ha lies onen a whythransow Jekyll) dhe dowl vëth a brow vas. Fatla ylly an taclow-ma i'm chy vy bos a les vëth dhe onour, dhe sawment brës pò dhe vêwnans ow howeth brottel? Mar kylly y vessejer mos dhe udn tyller, prag na ylly ev y honen mos dhe gen tyller? Hag a pe grauntys neb let dhe vos i'n mater, prag yth o res dhybm recêva an den jentyl-ma in dadn gel? Dhe voy a wren vy ombredery, dhe voy a devys ow crejyans me dhe vos ow tyghtya câss a gleves brës. Ha kyn erhys vy dhe'm servysy mos dh'aga gwely, me a gargas pystol tro coth, may hallen in othem dyffres ow honen.

Scant ny veu hanter-nos senys dres oll Loundres, pàn glôwys vys nebonen ow knoukya pòr feynt wàr ow daras. Me ow honen êth dh'y egery ha cafos dhyragof den bian plattys orth an pyllars dhyrag an daras.

"Owgh why devedhys dhyworth Doctour Jekyll?" me a wovydnas.

Ev a wrug sin idhyl rag leverel y teuth ev dhyworto; ha pàn wrug vy y besy dhe entra, ny obeyas ev heb meras wàr dhelergh orth tewolgow an plain. Yth esa creswas ogas lowr dhyn, hag yth o egerys fenester y lantern. Ha pàn welas ow vysytyor hedna, me a brederys ev dhe blynchya ha dhe fystena dhe voy.

Res yw dhybm avowa na veuma plêsys gans an taclow-na; ha pàn esen orth y sewya aberth in golow an rom omgùssulya, me a sensys ow dorn yn parys wàr ow fystol. Ena wàr an dyweth me a gafas an chauns a'y whythra yn cler. Ny wrug vy y weles bythqweth kyns, hèn o certan. Ev o bian, dell leverys kyns; me a veu sowthenys dre rêson a dremyn uthyk y fâss, rag kebmysk marthys o a grefter keherek ha gwander brâs in y gorf; ha wàr an dyweth—tra o skyla rag marth—an emôcyon a sordyas ev inof pàn esa ev i'm ogas. Ev a wrug dhe'm esely crena yn serth ha dhe'm pols gwadnhe. I'n termyn-na, me a ascrîbyas hedna dhe neb abhorryans personek inof ow honen, ha ny gemerys vy marth pana lybm o an tôknys a gleves inof; saw wosa hedna me a gafas skyla dhe gresy bos an mater dhe wrowedha liesgweyth downha in natur mab den, ha dhe bowes wàr neppyth moy nôbyl ès cas yn udnyk.

An person-ma (ha dhyworth an kensa secùnd a'y entrans aberth i'm chy, ev a'm gweskys gans ewl dhyvlasys dhe wodhvos) o gwyskys in maner a wrussa gwil dhe nebonen a'n gwella wherthyn yn colodnek. Y dhyllajow, gwrës dell êns a badn rych ha sad, o re vrâs dres ehen dhodho in pùb fordh—an lavrak cregys orth y arrow ha rollys in bàn rag aga gwetha dhywar an dor, wast an côta in dadn y glunyow, ha'n coler spredya alês wàr y scodhow. Coynt yw leverel, saw ny wrug an dyllas wharthus-ma ow môvya vy dhe wherthyn. Kyns ès hedna, dre rêson bos neppyth dres

115

kynda ha tebel-formys in gnas an creatur dhyragof—neppyth rag amaya, rag sowthanas ha rag dyvlasa—an fowt nowyth-ma a acord inter dyllas ha den a hevelly agria gans y natur ha'y encressya; rag hedna moy ès ow les in person an den ha'y natur, me a garsa godhvos adro dh'y dhevedhyans, y fortyn ha'y roweth i'n bës.

Kyn whrug vy kemeres kebmys spâss dhe settya in mes an tybyansow-ma, ny vowns y ma's an ober a dermyn pòr got. Yth esa ow vysytyor in gwir ow lesky gans frobmans sad. "Usy an dra genowgh?" ev a grias. "Usy ev genowgh?" Ha mar got o y berthyans, may settyas ev y dhorn wàr ow bregh ha whelas ow shakya.

Me a'n gorras dhyworthyf, rag me a glôwas, pàn wrug ev ow thùchya, glos yêyn ow goos ahës. "Deus, a syra," me a leverys. "Ankevys yw genowgh na gefys vy an plesour whath a vos aswonys dhywgh. Esedhowgh, mar pleg." Ha me a dhysqwedhas y ensampel dhodho, hag esedha in ow esedhva ûsys hag ow whelas omdhon in maner mar ogas dhe'm fara ûsys tro ha nebonen clâv dell yllyn, kynth o holergh an our, ha kynth o ow brës troblys brâs, ha kynth o an vysytyor uthyk dres ehen.

"Gevowgh dhybm, a Dhoctour Lanyon," ev a worthebys cortes lowr. "An pëth a leverowgh yw gwir heb dowt; ha'm fowt a berthyans a fethas ow hortesy. Devedhys oma obma orth arhadow agas coweth, Doctour Henry Jekyll, ow tùchya negys a boster brâs; hag y feu leverys dhybm…" Ev a dewys ha derevel y dhorn dh'y vriansen, ha me a welas, awos y vaner gosel, ev dhe vos owth omlath warbydn hysterya—"y feu leverys dhybm fatell veu trock tedna…"

Saw i'n tor'-na me a gemeras pyteth a anken ow vysytyor, ha martesen nebes a'm ewl dhe wodhvos.

"Otta va, a syra," me a leverys, ow tysqwedhes an trock tedna dhodho, le mayth esa ow crowedha wàr an leur adhelergh dhe vord, hag yth esa an lien gwely whath warnodho.

Ev a labmas orto, ha powes ena, ha settya y dhorn wàr y golon. Me a'n clôwas ow scrynkya gans an shôrys in y jalla. Yth o y fâss

mar uthyk dhe weles, may teuth own brâs warnaf ow tùchya y vêwnans ha'y vrës.

"Gwrewgh confortya agas honen," me a leverys.

Ev a drailyas minwharth grysyl dhybm, ha kepar ha pàn o va codhys in dyspêr, ev a gemeras an lien in kerdh. Pàn welas ev an taclow esa i'n trock, ev a ùttras olva mar vrâs a sewajyans, may feuma brawehys yn tien. Ha'n nessa mynysen, in lev controllys lowr, "Eus gwedren radhys genowgh?" ev a wovydnas.

Me a dherevys dhywar ow chair gans nebes caletter ha ry dhodho an pëth a wovydnas ev.

Ev a ros grassow dybm in udn bendroppya gans minwharth, ha musura in mes nebes lemygow a'n lydn rudh, hag addya onen a'n polters. Yth o an kebmysk a lyw rudh kyns oll, saw kepar dell esa an crystalys ow tedha, ev a dhalathas chaunjya dhe lyw spladn, ha dhe vryjyon yn heglew, ha dhe dôwlel in mes cloudys bian a êthen. Yn sodyn hag i'n keth termyn, an bryjyon a cessyas ha'n kebmysk a jaunjyas dhe bùrpur tewl, ha hedna a wrug gwadnhe yn lent dhe golour gwer dowrak. Ow vysytyor a veras orth an chaunjyansow-ma yn tywysyk, a vinwharthas, settya an wedren wàr an bord, hag ena ev a drailyas dhybm orth ow whythra glew.

"Ha lebmyn," yn medh ev, "rag ervira an taclow yw gesys. A vedhowgh why fur? A vedhowgh why hùmbrynkys? A vydnowgh why gasa dhybm kemeres an wedren-ma i'm dorn ha dhe dhyberth dhyworth agas chy heb kescows pella? Pò a wrug an ewl dhe wodhvos agas overcùmya? Gwrewgh predery kyns gortheby, rag y fëdh gwrës warlergh agas ervirans. Kepar dell wrellowgh why porposya, why a vëdh gesys poran kepar dell ewgh, ha ny vedhowgh why naneyl dhe furra na dhe voy rych, marnas an sens a servys rës dhe nebonen in anken mortal a vëdh consydrys rycheth a'n enef. Poken, mar mydnowgh why dêwys indella, provyns nowyth a skians ha fordhow nowyth dhe hanow brâs ha dhe bower a vëdh egerys dhyragowgh, obma, i'n rom-ma, in very mynysen-ma; ha'gas golak a vëdh whethys dhe verkyl neb a vynsa confùndya dyscrejyans Satnas."

"A Syra," me a leverys owth omwil cosel, pàn nag en vy cosel màn, "yth esowgh why ow côwsel desmygow, ha martesen ny wrewgh why kemeres marth fatell esoma worth agas clôwes heb cresy nameur. Saw gyllys oma re bell in servysyow dystyr dhe stoppya erna hyllyf gweles an dyweth."

"Dâ yw," ow vysytyor a worthebys. "A Lanyon, yth esowgh why ow perthy cov a'gas promys: yma an pëth neb a vydn wharvos obma in dadn sel agan galow. Ha lebmyn, why neb re beu kelmys mar stroth dhe dybyansow cul ha materyal, why neb re dhenahas an vertu a vedhegieth treuskydnus, why neb re dhespîtyas agas gwellhevyn—merowgh!"

Ev a dherevys an wedren bys in y wessyow hag eva oll an lydn in udn ganowas. Cry a sewyas; ev a droyllyas, a drebuchyas, ha dalhedna an bord, ow sensy y honen in bàn orto hag ow lagatta gans lagasow gosek, y anow egerys yn ledan; ha kepar dell esen ow meras, y teuth chaunjyans, dell brederys vy—ev a apperyas dhe dhuhe adhesempys ha'y dremyn a hevelly dhe vos ow tedha hag ow trailya—ha'n nessa secùnd, me a savas in bàn ha lebmel wàr dhelergh warbydn an fos, ow brehow lyftys rag gwetha ow honen dhyworth an uthycter, ow brës budhys in brawagh pur.

"A Dhuw!" me a scrijas, hag "A Dhuw!" arta hag arta; rag ena dhyrag ow lagasow—gwydn ha frobmys, ha hanter-glamderys hag ow tava dhyragtho gans y dhewla, kepar ha den restorys dhyworth an mernans—yth esa ow sevel adâl dhybm Henry Jekyll!

Ny allama dry ow honen dhe settya wàr baper oll an taclow a dherivas ev dhybm. Me a welas a welys, me a glôwys, ha'm enef a veu clâv anodho. Ha lebmyn, pàn yw an wolak-na gyllys dhyworth ow lagasow, yth esoma ow covyn orthyf ow honen, a allama y gresy, ha ny worama gortheby. Ow bêwnans re beu crenys bys in y wredhyow; an cùsk re dhyberthas dhyworthyf; yth yw an brawagh moyha uthyk esedhys rybof pùb our i'n jëdh hag yth esoma ow cresy bos ow dedhyow nyverys, ha fatell yw res dhybm merwel. Saw me a verow heb y gresy. Hag ow tùchya oll an bylyny a egoras an den-na dhybm, kynth esa ev owth ola

dagrow edrega, ny allama perthy cov anodho heb kemeres euth. Ny vanaf vy leverel ma's udn dra yn udnyk, a Ùtterson, ha hedna a vëdh lowr (mar kylta gwil dhe'th vrës y gresy). An den neb a slynkyas aberth i'm chy vy an nos-na, o, dell wrug Jekyll confessya y honen, aswonys der an hanow a Hyde, hag ev a veu helhys in pùb cornel a'n pow avell denlath Carew.

HASTIE LANYON

CHAPTRA X

COWL-DHERIVAS HENRY JEKYLL ADRO DHE'N CÂSS

Me a veu genys i'n vledhen 18— dhe fortyn brâs, endûys gans teythy splann, hag inclînys der ow natur dhe dhywysycter, ow cara an revrons a dus fur ha dâ in mesk ow hynsa, hag indella, dell alsa bos desmygys, yth o profusys ragof bêwnans onourys ha wordhy i'n bledhydnyow esa ow tos. Hag in gwir ow fowt lacka o neb jolyfta heb perthyans i'm natur, tra a wrug lies onen lowenek, saw cales o dhybm y reconcîlya gans ow whans hautyn dhe vos a roweth brâs hag omdhysqwedhes sad dhyrag an bobel. Indella y wharva may whren vy keles ow flesours; ha pàn dhrehedhys an bledhydnyow a ombrederyans, me a dhalathas meras adro dhybm ha rekna ow resegva ha'm degrê i'n bës, me o sacrys solabrës dhe fâlsury down inof ow honen. Lies huny a vynsa declarya an taclow avrewlys may feuma gylty anodhans; saw dre rêson a'n towlow uhel a wrug vy settya dhyragof, me a gresy ow fara dhe vos skyla rag meth anyagh ha me a'n sensy in dadn gel. Rag hedna yth o an sevureth a'm uhelwhansow kyns ès drocoleth arbednek i'm fowtys a'm gwrug vy an den a veuma; ha cledh downha whath inof vy ès i'n radn vrâssa a wesyon, a sensy inof vy an dhew bow a'n dâ hag a'n drog usy ow kescar hag ow kemysky gnas dobyl mab den. I'n stât-ma, me a veu hùmbrynkys dhe ombredery yn

125

town ha kenyver jorna adro dhe laha cales an bêwnans, usy an fùndacyon a grejyans hag yw onen a'n penfentydnyow moyha a fienasow. Kynth o brâs ow fâlsury, fêclor nyns en vy poynt; an dhew denewen a'm natur o sad yn tien. Me o ow honen kebmys pàn wrellen gorra dhyworthyf pùb frodn ha sedhy aberth in sham, avell pàn wrellen lavurya in cres an jëdh rag avauncya skians pò dhe sewajya tristans ha sùffrans. Yth hapnyas fatell wrug ow studhyansow sciensek, esa ow lêdya tro ha'n mystycal ha dhe'n treuskynuster, gortheby dhe'n warneth-ma a werryans heb cessya in mesk ow esely, hag y a dôwlas golow warnodho. Pùb dëdh ytho, ha dhyworth an dhew denewen a'm brës, an tu moral ha'n tu skentyl, me a nessas tabm ha tabm dhe'n gwiryoneth; ha warlergh y dhyscudha in part, me re beu dampnys dhe gowl-myshyf. An gwiryoneth yw hebma: nyns yw an den onen; in gwir ev yw dew. Me a lever dew, dre rêson na yll ow skians ow honen drehedhes pella. Tus erel a vydn ow sewya, tus erel a vydn mos pelha agesof wàr an keth lînednow; hag yth esof ow tesmygy fatell vêdh mab den aswonys wàr an dyweth avell kebmysk a radnow dyvers, angesson hag anserhak. Me, ragof ow honen, dre rêson a natur ow bêwnans, a avauncyas heb caletter tro hag udn qwartron yn udnyk. Wàr an tenewen moral, in ow ferson ow honen, me a dheskys dhe aswon dualyta down ha sempel mab den. Me a welas ow tùchya an dhew natur esa owth omlath i'm omaswonvos, mars o possybyl leverel me dhe vos an eyl pò y gela anodhans, nag o hedna gwir marnas drefen me dhe vos an dhew anodhans in ow natur gwredhek; hag yn avarr, pell kyns ès ow dyscudhansow sciensek dhe dherivas dhybm fatl'alsa merkyl a'n par-na bos enjoyes in gwir, me a bredery gans plesour brâs, kepar hag in hunros dyfun, a gescar an dhew element-ma. Mar calla pùbonen a'n dhew natur bos tregys in hevelebow dyffrans, an bêwnans a via delyvrys dhyworth pùptra dywodhaf; an den camhensek a alsa mos y fordh y honen, fries dhyworth govenek ha dhyworth edrega y evell ewnhensek; ha'n den gwiryon a alsa kerdhes

127

stedfast ha saw wàr y fordh in bàn, ow qwil an taclow dâ, esa y blesour inhans, ha heb bos egerys dhe vysmêr ha dhe edrek dhia dhewla an drog-ma neb o alyon dhodho. Mollath mab den o an fagosednow angesson dhe vos kelmys warbarth—in torr clâv an aswonvos an dhew evell contrary-ma dhe vos ow strîvya pùpprës. Fatl'alsens y ytho bos separâtys?

Me o gyllys mar bell i'm prederow, dell leverys, pàn dhalathas golow tenewen spladna wàr an mater dhywar vord an whelva. Me a dhalathas percêvya moy down ès dell veu bythqweth declarys, an gnas idhyl dygorf, brotelsys nywlek an corf mayth en ny gwyskys ino hag a hevel bos mar gales. Me re dhyscudhas y hyll certan kemygow shakya ha tedna wàr dhelergh an gwysk a gig, kepar ha dell wrella an gwyns tossya croglednow pavylyon. Ny vanaf vy dyghtya an scoren sciensek-ma a'm confessyon. Kensa, dre rêson me dhe dhesky fatell yw an vreus ha'n begh a vêwnans kelmys bys venary orth scodhow mab den, ha pàn vo assayes y dôwlel dhywarnan, yma va ow tewheles dhyn dre wascas moy stranj ha moy uthyk. Nessa, dre rêson, kepar dell vêdh apert i'm narracyon, ellas! ny veu ow dyscudhansow collenwys. Lowr yw leverel ytho, me dhe dhecernya ow horf natùral dhyworth an êth ha'n golowyjyon gwrës gans an nerthow esa ow spyrys ow concystya inhans, ha pella fatell wrug vy spêdya dhe barusy drogga a alsa remôvya an nerthow-ma dhyworth aga stât avell rêwloryon, ha gorra in aga le form ha bejeth mar natùral dhybm, awos aga bos denethys gans an elementys isella i'm enef hag yth esa semlant an elementys-na warnodhans.

Me a hockyas termyn pell, kyns ès me dhe brevy an dham-canieth-ma der experyens. Me a wodhya yn tâ me dhe vos ow peryllya ow bêwnans; rag drogga vêth, neb a alsa controllya ha crena an dynas a identyta, a alsa, a pe va rës in gordhogen munys kyn fe poken a pe va rës in termyn cabm, dylea yn tien an templa dygorf esen vy ow whelas chaunjya. Saw wàr an dyweth an temptacyon a dhyscudhans mar goynt ha mar dhown

129

a fethas ow own. Yth o an tyntur preparys genef nans o termyn pell; me a bernas oll warbarth, dhyworth cowethas apotecary cowlwerth, holan arbednek, a wodhyen der ow prevyansow, dhe vos an devnyth dewetha reqwîrys; hag yn holergh udn nos molethys, me a worras oll an elementys warbarth, meras ortans ow perwy hag ow megy i'n wedren, ha pàn o dewedhys an bryjyon, me a somonas ow bolder hag eva oll an draght.

Painys uthyk a sewyas: yth esa ow eskern ow melyas, ha'm pengasen o clâv dres ehen, ha me a glôwas euth i'n spyrys na alsa bos passys in termyn genesygeth pò mernans. Ena yn scon an tormens-na a dhalathas lehe, ha me a dheuth dhybm ow honen kepar hag in mes a gleves brâs. Yth esa neppyth stranj i'm emôcyons, neppyth nowyth na ylly bos descrefys. Yth o hedna dhyworth an dallath angresadow wheg. Me a omglôwas yonca, scaffa, lowenha i'm corf; me a wodhya inof ow honen me dhe vos dybreder medhow, yth esa rew a imajys carnal ow resek kepar ha fros der ow fedn, ha lowsys o colmow ow devar; me a glôwas franchys ùncoth saw cablus i'm enef. Me a wodhya ow honen dhe vos degweyth moy camhensek, gwerthys avell keth dhe'm drog inof; ha'n tybyans i'n prës-na a'm crefhas hag a'm delîtyas kepar ha gwin. Me a istynas ow dewla in mes, in udn lowenhe in erder a'n sensacyons-ma; ha pàn wrug vy indella, me a bercêvyas fatell o uhelder kellys genef.

Nyns esa myrour vëth i'n dedhyow-na i'm rom; an myrour usy rybof ha me ow screfa, a veu drës obma moy adhewedhes rag an transformacyons-ma. An nos, bytegyns, o pell gyllys aberth i'n myttyn—an myttyn du dell o va, o athves ogasty rag genesygeth an jëdh—yth o tregoryon ow chy kelmys i'n ourys moyha crev a gùsk; ha me a erviras, lenwys dell en vy a wovenek hag a vyctory, mos i'm shâp nowyth bys i'm chambour. Me êth dres an clos, le mayth esa an ster ow meras dhe'n dor orthyf, me a gresy, gans marth, an kensa creatur a'n par-na a veu dysclôsys bythqweth dh'aga hewolder dygùsk. Me a slynkyas an tremenvaow ahës,

stranjer i'm chy ow honen; ha pàn dheuth vy dhe'm chambour, me a welas semlant Edward Hyde rag an kensa prës.

Res yw dhybm obma côwsel dre vayn damcanieth yn udnyk, heb leverel an pëth a worama, adar an pëth a gresaf dhe vos an moyha gwirhaval. An drog-tenewen a'm natur, a wrug vy transferrya an semlant effethus dhodho, o gwadnha ha le dysplegys ès an tenewen dâ, neb o remôvys genef. Arta, in bledhydnyow ow bêwnans, neb o naw degves radn bêwnans a ober cales, a vertu hag a omrewl, an drog-tenewen a veu fest le assayes ha fest le sqwithys. Hag indella, me a grës, y wharva Edward Hyde dhe vos biadnha, moy tanow ha yonca ès Henry Jekyll. Kepar dell esa an dâ ow terlentry in bejeth an eyl anodhans, indella yth o drocoleth screfys yn ledan hag yn plain wàr vejeth y gela. Pella, an drocoleth (ha hèn yw, me a grës, an tu marwyl a vab den) a asas wàr an corf-na an argraf a dyfelebyans hag a bodrethes. Saw pàn verys orth an hager-imaj i'n gweder meras, ny glôwys vy ow honen dyvlasys, saw me a'n wolcùbmas gans shôra a lowender. Hebma inwedh o me ow honen. Yth hevelly dhybm natùral ha denyl. I'm lagasow vy yth esa ev ow ton pyctour moy bewek a'n spyrys, yth hevelly moy compes ha moy udnys, ès an bejeth anberfeth ha dyberthys a wren vy gelwel ow fâss ow honen. Ha bys i'n dra-na yth o an gwir genef. Me a welas, pàn esa semlant Edward Hyde adro dhybm, na ylly den vëth nessa dhybm kyns oll dysqwedhes dowtys in y gig. Hèn o, me a sopos, dre rêson kenyver person, dell vedhyn ny, pobel an bës, ow metya gansans, yw dâ ha drog kemyskys; saw Edward Hyde y honen oll in renkyow mab den, o drocoleth pur.

Ny wrug vy strechya ma's tecken dhyrag an gweder meras; yth o an secùnd prevyans, an prevyans dyblans dhe assaya whath; res o dhybm gweles o ow identyta kellys genef bys venary ha mar talvia dhybm fia dhyrag golow an jëdh in mes a jy, nag o ow chy ow honen na fella. Rag hedna me a fystenas wàr dhelergh dhe'm gweythva, me a wrug parusy an dewas ha'y eva yn tien; unweyth

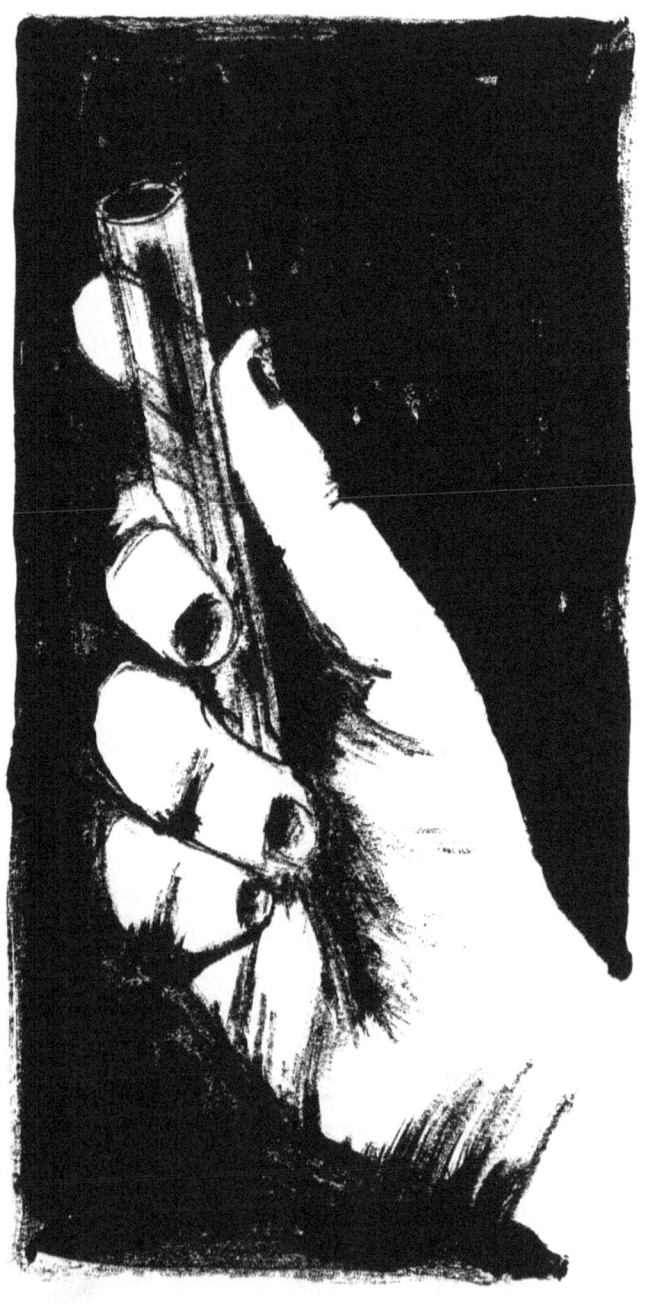

arta me a sùffras an tormens a dyssolûcyon, hag a dheuth arta dhybm ow honen, gans an character, an uhelder ha'n bejeth a Henry Jekyll.

An nos-na me o devedhys dhe fordh dhyberth mortal. Mar teffen ha dyghtya an pëth a dhyscudhys gans spyrys moy bryntyn, mar teffen hag assaya an prevyans pàn en vy rewlys dre whansow larj pò cryjyk, pùptra a via dyffrans, ha me a vynsa dos in mes a'n tormens-na a vernans hag a enesygeth avell el adar dyowl. Nyns esa power vëth a dhecernyans i'n drogga; nyns o va naneyl iffarnak na duwyl; saw ev a wre shakya daras pryson ow natur; ha kepar ha kethyon Fylyppy, an re esa wàr jy a bonyas in mes. I'n termyn-na yth esa ow vertu ow cùsca; ow drocoleth, dyfunys der uhelwhans, o hewol ha scav dhe sêsya an chauns, ha'n pëth neb a veu drës in rag o Edward Hyde. Hag indella, kynth esa inof dew berson ha dew semlant, onen anodho o drocoleth pur, ha'y gela o whath Henry Jekyll coth, an kebmysk coynt, a gresyn vy adro dhodho i'm dyspêr na ylly bos dasformys na gwellhës. Rag hedna yth o oll an môcyon dhe'n tenewen lacka.

I'n termyn-na cas o genef whath bêwnans sëgh an scoler. Me a vedha jolyf par termyn; ha dre rêson ow flesours dhe vos heb dynyta (heb mos pella ès hedna) ha dre rêson me dhe vos aswonys dâ hag onourys brâs ha me ow honen ow trehedhes oos an den coth, yth esa an fowt-ma a gessenyans i'm bêwnans ow tevy dhe voy casadow dhybm. Ow gallos nowyth a'm temptyas i'n mater-ma erna wrug vy codha aberth in kethneth. Ny vedha res dhybm ma's eva an hanaf, hag adhesempys me a wre disca corf an pendescajor gerys dâ, ha gorra adro dhybm kepar ha mantel dewl an corf a Edward Hyde. An preder a wrug dhybm wherthyn; yth hevelly dhybm bos dydhanus; ha me a wrug parusy pùptra gans rach ha dywysycter. Me a gemeras hag a worras mebyl i'n chy-na in Soho may whrug an creslu hellerhy Hyde bys dhodho; ha me a gafas avell gwethyades chy benyn a wodhyen hy dhe vos tawesyk ha heb conscyans. Wàr an tenewen aral me a dheclaryas dhe'm servysy y talvia certan Mêster Hyde

(ha me a dherivas y semlant dhedhans) cafos leun-franchys ha gallos i'm chy i'n plain; ha rag avoydya droglabmow, me êth mar bell dhe vysytya ow chy in person Hyde ha dhe wil mêny ow chy ûsys genef. Nessa me a screfas an lyther kemyn-na, a veusta mar serth wàr y bydn; hag indella, mar teffa tra vëth wharvos dhybm in person Doctour Jekyll, me a alsa entra in person Edward Hyde heb kelly mona vëth. Ha crefhës indella, dell esen vy ow soposya, a bùb tu, me a dhalathas enjoya an fowt omgemeryans i'm savla nowyth.

In dedhyow coth tus a wre arveth ladhoryon dre alwesygeth dhe wil aga hager-oberow, hag y hylly aga ferson ha'ga hanow dâ remainya in dadn woskes. Me a veu an kensa dhe wil hager-oberow rag y blesour y honen. Me a veu an kensa a ylly kerdhes in dadn lagasow an bobel avell den plegadow ha wordhy, hag ena dystowgh gorra dhywarnaf an fâls-taclow-ma ha kepar ha scolvaw lebmel warlergh ow fedn aberth in mor a franchys. Saw ragof vy i'm mantel andewanadow, perfeth o ow sawment. Preder anodho—nyns en vy i'n norvës! Gas vy unweyth dhe scappya aberth i'm gweythva, ro dhybm mynysen rag kemysky ha lenky an draght neb a vedha parys genef pùb termyn; ha pynag oll dra a ve gwrës ganso, Edward Hyde a wre mos in kerdh kepar hag anal wàr myrour; hag ena in y le ev, yn cosel in tre y fedha in y weythva in udn dhesedha lantern an hanter-nos, den a ylly wherthyn orth skeus an bobel, Henry Jekyll.

Dell leverys vy kyns, an plesours a wrellen fystena dhe enjoya ha'm tùllwysk adro dhybm, o heb dynyta; scant ny vynsen ûsya ger calessa. Saw inter dewla Edward Hyde yn scon y a dhalathas trailya tro hag uthycter. Pàn wrellen dewheles tre dhyworth onen a'n aventurs-na, me a godhas in wharth yn fenowgh ow tùchya ow sherewynsy in person an den aral. An jowl-ma, neb a wren vy somona in mes a'm enef ow honen, ha danvon alês may halla va gwythresa warlegh y volùnjeth y honen, o nebonen tebel y nas ha bylen dre natur; pynag oll dra a wrella va, ev a'n gwre rag y dhelît y honen; ev a gefy plesour kepar ha best gwyls

dhyworth tormentya y gentrevak na fors pana grev; ev o mar dhydrueth avell den gwrës a ven. Traweythyow Henry Jekyll a gemeras euth dhyrag gwrians Edward Hyde; saw nyns esa an lahys ûsys ow longya dhe'n mater, ha hedna a frias y gonscyans. Wosa pùptra Hyde y honen oll, Hyde yn udnyk o dhe vlâmya. Nyns o Jekyll gweth in fordh vëth; ev a wre dyfuna dh'y vertus arta, dell hevelly, heb bos shyndys; ev a fystena kefrës pàn vedha possybyl, dhe amendya an drog gwrës gans Hyde. Indella yth esa y gonscyans in cùsk.

Ny vanaf vy derivas obma oll manylyon an vylyny a alowys vy indella (rag i'n tor'-ma kyn fe scant ny allama acordya me dh'y wil); nyns yw porposys genef ma's dhe dysqwedhes an gwarnyans a gefys ha'n rew a stappys may teuth ow fûnyshment dredhans. Me a sùffras udn drog-labm, ha drefen na dheuth myshyf vëth dredho, ny wrama ma's y gampolla. Gwythres cruel warbydn flogh a sordyas wàr ow fydn an sorr a dremenyas, neb a wrug vy aswon nebes dedhyow alebma avell onen a'th woos nessa; an medhek ha teylu an flogh a jùnyas orto; ha moy ès unweyth me a gemeras own y whrussens ow ladha; ha wàr an dyweth, rag cosolhe aga anger ewn, res veu dhe Edward Hyde aga dry dhe'n daras, ha'ga aqwitya dre jecken tednys wàr acownt Henry Jekyll. Saw êsy o remôvya an peryl-na i'n dedhyow esa ow tos, rag me a egoras acownt aral in ken arhanty in hanow Edward Hyde y honen; ha me a brovias leuvnosyans rag ow gevel dre wil dhe'm dorn screfa ledry wàr dhelergh, ha me a gresy indella ow bos salow dhyworth an destnans.

Neb dew vis dhyrag mùrder Syr Danvers, me êth alês rag onen a'm aventurs. Me a dhewhelys yn holergh ha dyfuna ternos vyttyn i'm gwely ha me owth omglôwes nebes coynt. In vain me a veras adro dhybm; in vain me a welas an mebyl teg hag uhelder ow chambour i'n plain; in vain me a aswonas an patron wàr groglednow ow gwely ha gwra an fram a bredn mahogany. Yth esa neppyth inof whath owth inia nag esen in le mayth esen, na wrug vy dyfuna in le mayth hevelly dhybm ow bosama, saw

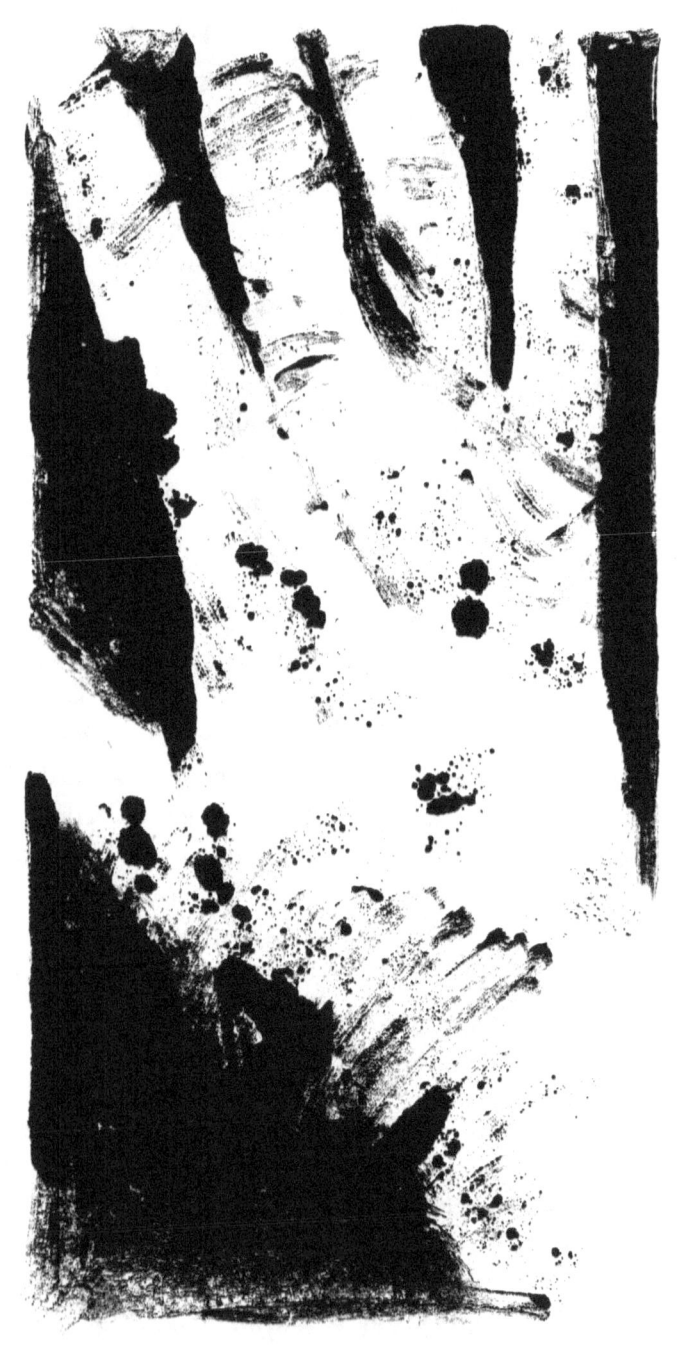

i'n chambour bian in Soho, le may fedhen ûsys dhe gùsca in corf Edward Hyde. Me a vinwarthas orthyf ow honen, hag i'm fordh ûsys me a dhalathas consydra yn tiek an rêson rag an tarosvanma, ha traweythyow, pàn esen whath owth ombredery, me a dergùscas attês in confort an gwely. Yth esen whath ow whythra an mater i'm brës, pàn godhas ow lagasow wàr ow dorn. Now dorn Henry Jekyll (dell wrusta dha honen leverel dhybm yn fenowgh) o ewn rag ow galow ow tùchya form ha myns: an dorn o fyrm, gwydn ha teg. Saw an dorn dhyragof apert lowr dhybm hanter-degës wàr an lienyow in golow melen an myttyn in cres Loundres, o tanow, giewek, ascornek, loos y lyw ha blew du ow tevy warnodho. Hèn o dorn Edward Hyde.

Res yw me dhe veras stark orto hanter-mynysen ogasty, ha me budhys in gockyneth pur an marth, erna wrug brawagh dyfuna i'm colon mar sodyn ha mar uthyk avell cymbalys ow seny yn uhel; me a labmas in mes a'm gwely ha fysky bys i'n gweder meras. Pàn welys vy ow semlant ino, ow goos a drailyas dhe lydn tanow ha rewys. Ea, me a gùscas avell Henry Jekyll, saw me a dhyfunas avell Edward Hyde. Fatl'yll hedna bos styrys? me a wovydna orthyf ow honen; ha gans labm moy a euth—fatla ylly an dra bos amendys? Holergh o i'n myttyn; yth esa oll an servysy sevys; yth esa oll ow droggys i'n weythva—viaj pell dew res stairys wàr nans, der an dremenva adhelergh, dres an gort egerys ha der an virva, dhyworth an tyller mayth esen ow sevel, fest ownekhës. Me a alsa martesen cudha ow fâss, saw pana brow a via hedna, pàn na alsen keles an chaunj i'm uhelder? Hag ena an tybyans wheg dres ehen a dheuth dhybm, fatell o an servysy ûsys dhybm avell Mêster Hyde. Me a wyscas adro dhybm dyllas a'n myns ow honen mar dhâ dell yllyn; hag yn scon me a bassyas der an chy, le may whrug Bradshaw meras stark orth Hyde ha kildedna nebes, pàn wrug ev y weles i'n eur-na gwyskys in dyllas mar goynt. Deg mynysen warlergh hedna, Doctour Jekyll a dhewhelys dhy shâp y honen, hag yth esa ev esedhys, plegys y dâl, ow qwil wis ev dhe dhebry haunsel.

Bohes o ow ewl boos. An wharvedhyans anstyradow-ma, an gorthenep a'm experyens bys i'n eur-na, a hevelly dhybm, kepar ha bës Babylon orth an fos, dhe vos ow spellya in mes lytherednow ow breus vy; ha me a dhalathas ombredery in maner moy sad ès bythqweth adro dhe'n sewyansow ha'n possybyltas a'm bêwnans dobyl. Me a bractycyas yn frâs agensow an tenewen-na ahanaf a yllyn dry in rag ha me a'n noryshyas yn tâ; yth hevelly dhybm i'n dedhyow dewetha-na fatell o corf Edward Hyde tevys in uhelder, kepar ha pàn glôwyn inof, pàn esa an form-na i'm kerhyn, lanwes moy leun a woos dhe vos inof; ha me a dhalathas dowtya, a pe hedna dylâtys, an kespos a'm natur a alsa bos omwhelys bys venary, ha'n power dhe jaunjya kepar dell vydnen kellys yn tien; ena person Edward Hyde a via ow natur vy, heb gallos vëth genef dh'y drailya dhyworthyf. Ny vedha nerth an drogga dysqwedhys i'n keth fordh pùpprës. Unweyth, pòr avarr i'm practys, an medhegneth a fyllys yn tien; dhia bàn wharva hedna, me a veu constrînys moy ès unweyth dhe eva dew dhogen anodho, hag unweyth dhe eva try dogen, kynth esen ow peryllya ow bêwnans yn frâs. Ha'n ancertusterow traweythys-ma a dowlas an udn skeus wàr ow lowender. Lebmyn, bytegyns, in golow droglabm an myttyn-na, me a gonvedhas an caletter i'n dallath dhe vos an power dhe dôwlel dhywarnaf corf Jekyll; saw agensow yth esa an caletter ow mos tabm ha tabm dhe'n tenewen aral. Yth esa pùptra warbarth ytho ow teclarya dhybm me dhe vos ow kelly ow dalhen wàr ow natur gwell, ha dhe vos ow slynkya yn lent aberth i'm natur lacka.

Me a gresy i'n tor'-na fatell o res dhybm dêwys inter an dhewna. Ow dew natur a's teva covyon intredhans, saw yth o oll an teythy erel rydnys yn maner pòr dhybarow. Jekyll (neb o kebmysk a'n dâ hag a'n drog) a wre kemeres radn par termyn gans own fin, par termyn gans whans crefny in plesours hag in aventurs Hyde; saw nyns o bern Jekyll dhe Hyde; ny wre va perthy cov anodho ma's kepar dell usy lader an menydhyow ow

remembra an cav, may whrug ev keles y honen rag diank dhyworth y helhysy. Jekyll a'n jeva moy ès les tas in Hyde; fowt les Hyde o moy ès mygylder mab. A qwrellen dêwys tenewen Jekyll, me a dalvia merwel dhe'n whansow-na esen ny owth enjoya nans o termyn pell, hag o chersys yn frâs genef agensow. A qwrellen dêwys Hyde, me a vynsa merwel dhe lies tra a les ha dhe lies govenek, ha dhe vos dystowgh despîtys ha dygoweth rag nefra. An bargen a ylly apperya dybarow; saw yth esa whath ken mater dhe settya i'n vantol; kyn whrussa Jekyll godhaf yn tydn in tanow an penys, ny woffia Hyde pandr'o kellys ganso. Kynth o coynt ow flît vy, termys an debâtyans-ma o mar goth ha mar gebmyn avell mab den; an keth dynyansow ha'n keth gwarnyansow a erviras an dra mar sur ragof vy avell rag pehador diantel ha temptys vëth; hag y wharva genef vy kepar dell wher gans an radn vrâssa a'm hynsa: me a dhêwysas an part gwell, saw ny gefys vy an nerth dh'y gollenwel.

Ea, gwell o genef an medhek coth ha dyscontentys, y gothmans oll adro dhodho, hag ev ow qwetyas taclow onest; hag me a asas cubmyas crev gans an franchys, gans an hanter-yowynkneth, gans an stap scav, an whansow freth ha gans an plesours in dadn gel, a wrug vy tâstya in tùllwysk avell Hyde. Me a wrug an dêwys-na gans neb ambos cudh, rag ny wrug avy naneyl hepcor an chy in Soho, na ny dhystrôwys vy dyllas Edward Hyde, a remainyas parys pùpprës i'm cùbert. Dres dew vis, bytegyns, me o lel dhe'm ervirans; dres dew vis me a vewas moy sevur ès dell wrug vy bythqweth, ha tastya an plesour a gonscyans glân. Saw warlergh neb termyn erder ow fienasow a dhalathas lehe ha gormola ow honscyans dhe apperya tra gebmyn. Me a dhalathas tormentya ow honen der an yêwnadow, der an whansow a Hyde in udn strîvya dhe vos frank. Wàr an dyweth in eur a wander moral, me a barusas hag a loncas an draght a dransformyans.

Nyns esoma ow cresy, pàn wrella pedn medhow argya ganso y honen ow tùchya y dhrog-ûsadow, ev dhe vos môvys unweyth in mes a bymp cans der an peryl a yll dos dre dhyswarneth milus y

gorf. Kyn whrug vy ombredery termyn hir adro dhe'm plît, ny gonsydrys pell lowr an fowt dien a voralyta ha'n paryster gwyls dhe'n drocoleth dhe vos an chîf-elementys in gnas Edward Hyde. Saw y feu an re-na a wrug ow fùnyshya. Yth o ow dyowl vy prysonys termyn pell; ev a dheuth in mes in udn uja. Me a wodhya, pàn evys vy an draght, bos inof tendans moy dygabester ha le frodnys ès bythqweth dhe wil an drog. Res yw fatell wrug hedna, me a sopos, sordya i'm enef an hager-awel a berthyans cot a wrug vy goslowes ino orth geryow cortes ow vyctym. Duw yn test, ny alsa den vëth yagh y vrës ow tùchya moralyta bos cablus a'n drog-ober-na gans provocacyon mar danow. Pàn wrug vy y weskel, me a'n gwrug in spyrys avresonus a flogh clâv ow terry gwariel. Saw me oll a'm bodh a wrug dystryppya dhywarnaf an kespos a vrës, mayth usy an re lacka intredhon ow pêsya dhe gerdhes fast lowr in mesk temptacyons. In ow hâss vy ow honen, temptacyon ha codha o an keth tra.

Dystowgh spyrys iffarnak a dhyfunas inof ha fernewy. Gans lanwes a joy, me a dhefolyas an corf dyfreth, ow telîtya ow honen gans kenyver strocas. Ha bys may talathas sqwithter dos warnaf, ny veuma, ha'm muscotter i'n pryck uhella, pechys der an golon gans gwan yêyn a euth. An nywl a dherevys; me a welas ow bêwnans in peryl ha me a fias dhyworth tyller an dêda uthyk, ow lowenhe hag ow crena, ow lust dhe'n drog contentys ha dyfunys, ow whans dhe vewa tydnhës dhe'n poynt uhella. Me a bonyas dhe'n chy in Soho, ha (may halla taclow bos dhe voy certan) dystrôwy ow faperyow. Alena me a dhalathas kerdhes der an strêtys golowys gans lanterns, i'n keth lowender a vrës, ow rejoycya adro dhe'm hager-ober, owth ervira, scav ow fedn, hager-oberow a'n keth sort, ha whath ow fystena pùpprës hag ow clôwes wàr ow lergh treys an dialor. Yth esa cân wàr wessyow Hyde pàn esa ev ow kemysky an draght, ha pàn esa ev orth y eva, ev a elwys wàr hanow an den marow. Yth esa an painys a drailva whath orth y bystyga, pàn wrug Henry Jekyll codha wàr bedn dewlin, ha derevel y dhewla dhe Dhuw, ow

147

tevera dagrow a rassow hag a edrek. Yth o an veyl a omjersyans sqwardys dhia an gwartha dhe'n goles. Me a welas oll ow bêwnans warbarth. Me a'n sewyas in ow brës dhyworth dedhyow ow floholeth, pàn esen ow kerdhes ow sensy dorn ow thas, ha der omnagh ow galow avell medhek, bys may tewhelys arta hag arta, ow clôwes inof an keth fowt a realyta, dhe euth molethys an gordhuwher-na. Me a alsa uja gans voys uhel. Me a whelas gans dagrow ha gans pejadow dhe daga an rûth a hager-byctours hag a debel-sonyow esa ow conery wàr ow fydn i'm cov; ha whath in mesk an pejadow, yth esa hager-vejeth ow bylyny ow meras aberth i'm enef. Kepar dell esa lymder ow edrek ow lehe, yth esen ow clôwes lowena inof. Problem ow omdhegyans a veu assoylys. Ny ylly Hyde dewheles alena rag; a'm bodh pò a'm anvoth, me o kelmys alena rag bys venary dhe'n radn well a'm natur. Hag assa wrug avy lowenhe dhe bredery anodho! Ass en vy uvel in udn recêva an finwedhow a'n bêwnans natùral! Ass o gwiryon ow sconyans, pàn wrug vy alwhedha an daras may whrug vy mos ha dos dredho mar venowgh, ha pàn drettys vy an alwheth in dadn droos!

Ternos vyttyn y feu clôwys an nowodhow na veu ankevys an mùrder, ha fatell o cabluster Hyde apert dhe bobel an bës. Ny veu va hager-ober yn udnyk; folneth trist a veu kefrës. Me a grës me dhe lowenhe dh'y wodhvos; me a grës me dhe lowenhe pàn veu ow iniadow gwella nerthys ha gwardys der euth an cloghprednyer. Jekyll lebmyn o cyta ow sentry; saw gwrêns Hyde gyky in mes tecken, ha dewla oll an dus a via derevys rag y sêsya ha'y ladha.

Me a erviras redêmya an termyn tremenys der ow om-dhegyans alena rag; ha me a yll leverel in gwiryoneth fatell dheuth nebes dâ dhyworth an ervirans-na. Te dha honen a wor fatell wrug avy lavurya pòr dhywysyk in mîsyow dewetha an vledhen warleny dhe sewajya sùffrans; te a wor fatell veu meur gwrës rag kerensa pobel erel, ha fatell dremenas an dedhyow yn cosel, hag yn lowen ogasty ragof vy. Naneyl ny allama leverel in

149

gwir fatell veuma sqwith a'n bêwnans dâ hag inocent; in le a hedna me a grës fatell esa hedna ow try dhe voy ha dhe voy plesour kenyver jorna; saw me o molethys whath der an natur dobyl a'm porpos. Ha kepar dell esa an kensa lymder ow edrek ow qwadnhe, ow thenewen isella, chersys mar bell, ha strothys agensow, a dhalathas gromyal ha whelas lecyans. Ny brederys vy bythqweth a wil dhe Hyde dasvewa; an tybyans a hedna y honen a vynsa gwil dhybm muskegy; nâ, i'm person ow honen me a veu temptys unweyth arta dhe drufla gans ow honscyans; hag avell pehador cudh kebmyn me a godhas wàr an dyweth dhyrag assaultyans temptacyon.

Yma dyweth ow tos dhe genyver tra; an vessyl brâssa a vëdh lenwys wàr an dyweth; ha'n obedyens cot-ma dhe'm drocoleth otyweth a dhystrôwas kespos ow enef. Saw ny veuma ownek; an coodh a hevelly dhybm bos natùral, kepar ha dewhelans dhe'n dedhyow coth, kyns ès me dhe wil ow dyscudhans. Dëth brav cler o in mis Genver, glëb in dadn dreys le mayth o tedhys an rew, saw heb cloud vëth i'n ebron. Yth o Park Rêjent leun a gânow wheg ÿdhyn ha wheg gans odours an gwaynten. Me a esedhas wàr venk i'n howl; yth esa an best inof ow lyckya challa an covyon; an tenewen spyrysek nebes bodharhës, ow promyssya edrek moy adhewedhes, saw na wrug dallath whath. Wosa pùptra, me a brederys, me o kepar ha'm kentrevogyon; hag ena me a vinwharthas ha comparya ow honen gans tus erel, ow compary ow gwythres dâ gans cruelta diek aga gwall. Hag i'n very prës an preder gothys-na, pain a dheuth warnaf, cleves uthyk ha scruth mortal. An re-na a bassyas, ha'm gasa gwadn; hag ena wàr y dro an gwander a godhas dhe ves, ha me a verkyas chaunjyans i'm prederow, bolder brâssa, dysprêsyans a beryl, lowsyans a'n colmow a dhevar. Me a veras wàr nans; yth esa ow dyllas ow cregy yn lows wàr ow esely lehës; an dorn esa ow crowedha war ow dewlin o giewek ha blewak. Me a veu Edward Hyde unweyth arta. Mynysen kyns ena me o saw in revrons pùbonen, rych, muer-gerys—an lien bord ow pos settys

151

ahës ragof i'n rom kynyewel in tre; ha lebmyn nyns en vy ma's pray kebmyn mab den, helhys, heb chy, denlath aswonys, destnys rag an cloghprednyer.

Ow rêson a hockyas, saw ny wrug ev fyllel dhybm yn tien. Me a verkyas moy ès unweyth fatell vedha ow theythy in ow secùnd natur dhe lybma ha'm spyrys dhe voy tydn; indella Hyde a spêdyas dhe overcùmya an othem, na vynsa Jekyll martesen ma's codha in dadno. Yth esa ow droggys in onen a'n cùbertys i'm gweythva. Fatl'alsen aga drehedhes? Hèn o a problem (in udn strotha eryow ow fedn gans ow dewla) a ervirys assoylya. Yth o daras an whelva alwhedhys genef. Mar teffen hag assaya entra der an chy, ow servysy ow honen a vynsa ow danvon bys i'n cloghprednyer. Res o dhybm gwil devnyth a dhorn nebonen aral, ha me a brederys a Lanyon. Fatla yllyn y dhrehedhes? Fatla yllyn y berswâdya? Mar teffen ha goheles bos kechys i'n strêtys, fatl'alsen gwil ow fordh bys in y bresens ev? Ha fatl'alsen vy, stranjer ùncoth ha casadow, gwil dhe'n medhek gerys brâs pylla gweythva y goweth, Doctour Jekyll? Hag ena me a remembras fatell esa udn radn a'm natur gwredhek dhe wortos genef: me a ylly screfa ow dorn screfa ow honen; hag unweyth, pàn gon-vedhys vy an elven vian-na, an fordh a resa dhybm sewya a veu apert dhybm dhia an dallath bys i'n dyweth.

Gans hedna me a arrayas ow dyllas gwella gyllyn, ha gelwel cab esa ow passya ha drîvya bys in ostel in Strêt Portland, a wrug vy remembra y hanow dre jauns. Ny ylly an drîvyor, pàn welas ev ow semlant, omwetha dhyworth wherthyn (ha wharthus en vy in gwir, kynth o destnans trist dres ehen cudhys in dadn ow gwysk). Me a scrynkyas orto gans conar iffarnak; ha'n minwharth a wedhras wàr y wessyow—er y fortyn dâ—hag er ow fortyn dâ vy dhe voy, rag i'n nessa mynysen, me a vynsa yn certan y dedna dhe'n dor. I'n ostel, kepar dell entrys, me a veras adro dhybm gans tremyn mar dhu may whrug an mêny trembla; ny wrussons keschaunjya golak an eyl gans y gela i'm presens vy; saw y a sewyas ow ordrys yn uvel, ow lêdya bys in chambour

pryva, hag ow try dhybm taclow dhe screfa gansans. Hyde in peryl y vêwnans o creatur nowyth dhybm; shakys gans sorr heb finweth, tydn lowr dhe voldra, whansak dhe hùrtya. Saw an creatur o fel; ev a overcùmyas y sorr dre nerth brâs y volùnjeth; ev a screfas y dhew lyther a bris, onen dhe Lanyon, y gela dhe Poole; ha may halla va cafos dùstuny cler fatell vowns y postys, ev a's danvonans in mes gans an arhadow may fêns covrestrys.

Alena rag, ev a esedhas oll an jorna in y jambour pryva, ow tynsel y ewinas; ena ev a wrug kynyewel, esedhys y honen oll gans y dhowtys, an tendyor ow plynchya yn apert dhyragtho; hag ena, pàn dheuth leun-dewolgow an nos, ev êth alês in cornel cab degës, hag a veu kemerys obma hag ena in strêtys an cyta. Ev, a lavaraf—ny allama leverel, me. Ny'n jeva an mab iffarnak-na radn vëth a natur mab den; nyns esa tra vëth ow pewa ino marnas own ha cas. Ha pàn godhas an drîvyor skesek otyweth, ev a dhanvonas an cab in kerdh ha venturya adroos, y dhyllas dygompes adro dhodho, neppyth parys dhe vos merkys in mesk tremenysy an nos, hag yth esa an dhew bassyon bylen-ma ow fernewy ino kepar ha hager-awel. Ev a gerdhas yn uskys, y dhowtys orth y herdhya in rag, in udn gestalkya ganso y honen, ow scolkya der an fordhow le menowhys, ow nyvera an mynys esa whath inter an termyn ha hanter-nos. Unweyth benyn a gôwsas orto hag offra dhodho box tanbrednyer. Ev a's gweskys i'n fâss ha fia dhe'n fo.

Pàn wrug vy dos dhybm ow honen arta in chy Lanyon, euth ow hothman coth a'm shakya nebes martesen; ny worama; ny veu hedna ma's badna in mor comparys gans an euth a'm beus ow perthy cov a'n ourys-na. Chaunjyans o devedhys warnaf. Nyns esa an cloghprednyer orth ow ownekhe na fella, saw yth esa an euth a vos Hyde orth ow thormentya. Yth esen ow qwil hunros in radn pàn recêvys vy arvrusyans Lanyon dhyworto; yth esen ow hanter-hunrosa pàn dhewhelys dhe'm chy ow honen ha mos dhe'm gwely. Me a gùscas wosa sqwithter an jëdh gans hun stroth ha down, ha ny ylly hulla na tebel-vesyon ow derevel in

mes a'm cùsk. Me a dhyfunas ternos vyttyn shakys ha gwadnhës, saw refreshys. Cas o genef whath ha skyla a own dhybm whath o an best esa in cùsk inof; ha heb mar ny ankevys vy peryllyow uthyk an jëdh kyns; saw yth esen unweyth arta in tre, i'm chy ow honen hag ogas dhe'm droggys; hag yth esa grassans rag ow diank ow terlentry mar grev i'm enef, namnag o va mar spladn avell an govenek.

Yth esen ow kerdhes yn lent dres an gort warlergh haunsel, owth eva gans plesour an air yêyn, pàn veuma sêsys arta der an sensacyons stranj-na, tôkyn sur fatell esa an chaunjyans ow tos; scant ny gefys termyn lowr dhe dhrehedhes sentry ow gweythva, kyns ès me unweyth arta dhe fernewy ha dhe rewy gans passyons Hyde. An treveth-na me a gemeras dogen dobyl rag gelwel ow honen wàr dhelergh dhe'm natur gwredhek ow honen; saw ellas! warlergh whegh our, ha me ow meras yn trist aberth i'n tan, an tormens a dhewhelys, ha res o dhybm cafos dogen nowyth a'n drogga. Wàr verr lavarow dhia an jorna-na in rag, yth hevelly na yllyn gwysca semlant Jekyll ma's dre assayans crev hag in dadn oberyans dydro an drogga. Termyn vëth i'n nos poken i'n jëdh me a vedha kemerys gans scruth an gwarnyans; dres pùptra mar qwren cùsca pò unweyth tergùsca tecken i'm chair, me a dhyfuna pùpprës avell Hyde. In dadn an godros pùpprës a'n vreus-ma ha dre rêson a'n fowt hun a whrug vy dampnya ow honen dhodho, ea, moy ès dell gresyn a ylly nebonen perthy, me a veu i'm person ow honen nebonen lenkys ha gwakhës dre fevyr, idhyl gwadn in corf hag in enef, ha heb ken preder vëth ès an euth a'm natur aral. Saw pàn esen ow cùsca, poken pàn wrella vertu an medhegneth lehe, me a wre lebmel heb trailva ogasty (rag painys an drailva a devy dhe le pùb jorna) aberth in posessyon a fancy lenwys a byctours a euth, enef ow pryjyon gans cas heb skyla, ha corf a hevelly bos re wadn dhe sensy nerth coneryak an bêwnans. Gallos Hyde a apperyas dhe encressya gans gwander ha cleves Jekyll. Hag yn certan an cas esa ow kescar an eyl dhyworth y gela o eqwal a bùb tu. Gans Jekyll,

neppyth a anyen vew ova. Ev a welas cowl-dhyfelebyans an creatur esa ow radna ganso part a'y omwodhvos, hag o kes-êr ganso bys in mernans; ha dres an colmow-na a gemeneth, a wre an radn moyha trist a'y anken, ev a bredery a Hyde avell neppyth iffarnak hag anorganek kefrës. Hèn o an dra uthyk, slim an pytt dhe omdysqwedhes in udn ùttra criow ha levow; an doust dyvew a ylly gwil sînys gans an dhewla, a ylly peha; an dra neb o marow ha na'n jeva shâp vëth, a ylly kemeres warnodho gwrians an bêwnans. Ha hebma inwedh, an euth esa ow terevel ino, dhe vos kelmys dhodho moy stroth ès benyn brias, moy ogas dhodho ages y lagas; yth o va prysonys in y gig y honen, le may hylly ev y glôwes ow stlevy ha'y bercêvya ow strîvya dhe vos genys; hag in pùb termyn a wander, ha der y gùsk leun fydhyans, an dra a wre omlath wàr y bydn ha'y fetha, ha'y exîlya in mes a vêwnans. Cas Hyde rag Jekyll o a ordyr dyffrans. Y euth dhyrag an cloghprednyer a'n drîvya pùpprës dhe ladha y honen rag termyn; ha dewheles dh'y stât sojeta avell part adar avell person; saw cas o ganso an othem, cas o ganso an dyspêr mayth o Jekyll i'n tor'-na codhys ino, ha ny vedha plêsys gans an cas a dhysqwedha pùbonen dhodho. Hèn oll o an skyla rag an prattys a wre va gwary wàr ow fydn kepar ha sym, ow screfa treys kelyon i'm dorn screfa ow honen blasfemys in folednow ow lyvrow, ow lesky lytherow hag ow tystrêwy an portrayans a'm tas; hag in gwir, na ve ev dhe vos ownek a vernans, ev a vynsa pell alebma ladha y honen may halla ev gwil dhybm jùnya orto in dystrùcsyon. Saw marthys yw y gerensa dhybm; me â pella. Me, usy ow codha clâv hag ow rewy yn sempel orth y weles, pàn wryllyf remembra an uvelder ha'n passyon a'n gerensa-ma, ha pàn wryllyf consydra ev dhe wodhvos ow gallos dh'y wil marow dre ladha ow honen, ena me a'n cav i'm colon dhe berthy tregereth anodho.

Nyns usy an descryvyans-ma ow servya rag tra vëth ha me ny'm beus termyn lowr ragtho; ny sùffras den vëth tormens kepar ha'n re-ma; lowr yw hedna. Saw dhe'n painys-ma an

ûsadow re dhros—nyns ywa sewajyans, nâ, saw caletter enef, neb obedyens dhe'n dyspêr; ow fùnyshment a alsa durya lies bledhen, na ve an meschauns dewetha dhe wharvos, ha neb a wrug ow separâtya wàr an dyweth dhyworth ow fâss ow honen ha dhyworth ow gnas ow honen. Ow frovians a'n holan, na veu bythqweth nowedhys dhyworth dëdh an kensa prevyans, a dhalathas bos spênys. Me a dhanvonas in mes rag cafos moy, ha kemysky an draght ganso; an bryjyon a sewyas, ha'n kensa chaunj i'n lyw, saw ny wharva an secùnd chaunj; me a evas an draght saw ny veu va vas. Te a wra desky dhyworth Poole fatell wrug vy dhodho sarchya yn tywysyk dres oll Loundres; saw ny wrug tra vëth soweny; hag yth hevell dhybm lebmyn fatell o avlan an kensa provians a'm beu; ha fatell o an avlanythter ùncoth a re an power dhe'n drogga.

Tremenys yw seythen ogasty, hag yth esof vy lebmyn ow corfedna an derivas-ma in dadn an awedhyans a'n polters coth. Hèm yw ytho (mar ny wra hapnya merkyl) an dewetha prës may fëdh Henry Jekyll abyl dhe bredery y brederow y honen pò dhe weles y vejeth y honen (kynth ywa chaunjys, ellas) i'n gweder meras. Ny res dhybm dylâtya re naneyl ow tewedha an scrif; rag mar spêdyas ow narracyon dhe woheles dystrùcsyon, hedna re beu dre gebmysk a furneth brâs gans fortyn dâ. Mar teu an painys a dranformyans ow sêsya ha me ow screfa, Hyde a vydn y sqwardya dhe dybmyn; saw mar teu termyn passya warlergh me dh'y settya adenewen, y honenuster marthys ha'y rach prederus rag an ocasyon a wra dre lycklod y selwel dhyworth y dhespît symus. In gwir an destnans usy ow nessa dhyn re wrug y jaunjya ha'y gompressa solabrës. Hanter-our wosa lebmyn, pàn vo kemerys warnaf arta ha bys venary an person hâtys-na, me a wor fatell vedhaf vy esedhys i'm chair in udn grena hag in udn ola, poken me a wra pêsya, ow coslowes yn tydn hag yn ownek dres ehen, ow kerdhes wàr nans hag in bàn i'n rom-ma (ow sentry dewetha i'n norvës) ha clôwes pùb son a wodros. A wra Hyde merwel wàr an scaffot? Poken a wra va cafos an coraj dhe

relêssya y honen i'n prës dewetha? Duw a wor; me yw heb fienasow; hèm yw an wir-eur a'm mernans, ha pynag oll dra a wrella wharvos, yma va ow longya dhe gen den, adar dhybmo vy. Obma ytho, ha me ow settya an bluven wàr nans wàr an bord ha me ow mos dhe sêlya ow honfessyon, yth esoma ow try bêwnans an den anfusyk-na Henry Jekyll dh'y dhyweth.

GERVA

abhorryans *m.* abhorrence
allegory *m.* allegory
amary *m., pl.* **amarys** cupboard, wardrobe
ancar *m.* anchorite, recluse
ancertuster *m., pl.* **ancertusterow** uncertainty
andewanadow *adj.* impenetrable
angesson *adj.* discordant
angresadow *adj.* incredible
anlettrys *adj.* unlettered, without writing
anown *m.* underworld
apotecary *m., pl.* **apotecarys** dispensing chemist
arbenegor *m.* specialist
argraf *m.* impression
arkytîp *m., pl.* **arkytîpow** architype
arkytîpek *adj.* architypical
arolegyth *m.* (*police*) inspector
ascrîbya *vb* to ascribe
aventur *m., pl.* **aventurs** adventure
avlanythter *m.* impurity
avrêsonus *adj.* irrational
avrewlys *adj.* irregular
blasfemy *m., pl.* **blasfemys** blasphemy
bodharhe *vb* to deafen, to deaden
bosty *m.* **Frynkek** French restaurant
boxesor *m., pl.* **boxesoryon** boxer
brawehys *adj.* terrified
brest *m.* brass
brithen *f., pl.* **brithednow** freckle
byldyans *m., pl.* **byldyansow** building
cabmwythres *m.* foul play
cala *m.* **packya** packing straw
campollans *m., pl.* **campollansow** reference, allusion
canores *f.* **hel ilow** musical hall singer
carnacyon *m.* incarnation, embodiment
carpentour *m.* carpenter
check *m.* kettle
checken *f.*, **checkednow** cheque

cheryta *m., pl.* **cherytas** charity (institution)
client *m.* client
clôwyowgh *m.* noise, fuss
côd *m.* **moralyta** morality code
complecter *m.* complexity
confessya *vb* to confess
confessyon *m.* confession
coyntury *m.* oddness
cyrcùmstans *m., pl.* **cyrcùmstancys** circumstance, occurrence
cofyr *m.* trunk; **cofyr saw** safe
coges *f.* (*female*) cook
conversacyon *m.* behaviour
corforek *adj.* bodily
covrestry *vb* to register (*letter*)
cowethyans *m.* association
cowlwerth *m.* wholesale
crows-strêt *m.* cross-street
crystal *m., pl.* **crystalys** crystal
cùbert *m.*, **cùbertys** cupboard, press
cymbal *m., pl.* **cymbalys** cymbal
damcanieth *f.* theory
dans *m.* **olyfans** ivory
daskenys *adj.* reborn, reproduced
decernyans *m.* taste, discernment
dedhyans *m., pl.* **dedhyansow** date (*time*)
defia *vb* to defy
delîtya *vb* to delight
dêlya *vb* to deal
demondya *vb* to demand
denlath *m.* murderer
departya *vb* to depart
descrefa *vb* to describe
descryvyans *m.* description
devedhyans *m.* arrival, advent
dogen *m.* dose
dorn screfa *m.* handwriting
draght *m.* draught
drog-awedhyans *m.* bad influence

drogga *m., pl.* **droggys** drug
drog-pystygys *adj.* badly injured
duwyl *adj.* divine
dybreder *adj.* thoughtless, unconcerned
dydro *adj.* direct
dyfelebyans *m.* deformity
dyfelebys *adj.* deformed
dyfygyans *m.* decay, decline
dygabester *adj.* unbridled
dygorf *adj.* incorporeal
dygùsk *adj.* sleepless
dyscudhans *m., pl.* **dyscudhansow**
   discovery
dysês *m.* **kescar identyta** dissociative
   identity disorder
dysonest *adj.* disreputable
dyspêr *m.* despair
dyspraisyans *m.* contempt
dyssembla *vb* to dissemble, to pretend
dyssolûcyon *m.* dissolution
dyswarneth *m.* insensibility, lack of
   awareness
dyvarv *adj.* clean shaven
dyvew *adj.* lifeless, inanimate
dyvynyta *m.* theology
dywharth *adj.* severe, unlaughing
dywhythrus *adj.* inscrutable
dywodhaf *adj.* intolerable, unbearable
effethus *adj.* effective
element *m., pl.* **elementys** element
emôcyon *m., pl.* **emôcyons** emotions
endûa *vb.* to endue
entrans *m.* entrance
esel *m.* **seneth** member of parliament
ethadow *adj.* volatile
êthen *f.* vapour
fagosen *f., pl.* **fagosednow** faggot
fêkyl-cher *m.* hypocrisy
fêsya *vb* to put to flight
fiol *m.* phial
fonograf *m.* phonograf
fotografya *vb* to photograph
fugya *vb* to forge, to counterfeit
fùndyans *m.* foundation
fydhyador *m.* trustee
galwansus *adj.* professional
gargoyl *m.* gargoyle
geslun *f., pl.* **geslunyow** caricature
giewek *adj.* sinewy

godrosladrans *m.* blackmail
gordhogen *m.* overdose
gorlywa *vb* to exaggerate
gov *m.* **hespow** locksmith
gravyor *m.* **mappys,** *pl.* **gravyoryon**
   mappys map engraver
gùsygen *f., pl.* **gùsygednow** blister
gwarnyans *m.* warning
gwedren *f.* **radhys** gradated glass
gwerthores *f., pl.* **gwerthoresow**
   saleswoman
gweythva *f.* study (*room*)
gwragh *f., pl.* **gwrahas** witch
gwydnyk *adj.* whitish
hager-ankenel *m.* ugly monster
hâlyans *m.* influence, pull
hapnya *vb* to happen
helghyas *m., pl.* **helhysy** hunter, pursuer
heresy *m.* heresy
hevelep *m., pl.* **hevelebow** appearance,
   identity
hewolder *m.* alertness, wakefulness
honen aral *m.* alter ego
honenuster *m.* selfishness
id *m.* id
identyta *m.* identity
imajynacyon *m.* imagination
inclînya *adj.* inclined
inocent *adj.* innocent
inspyracyon *m.* inspiration
inspyrya *vb* to inspire
isaswonvos *m.* subconscious
is-war *adj.* subconscious
Jack-i'n-Box *m.* Jack-in-the-Box
jenevra *m.* gin (*drink*)
keas *m.* **fenester,** *pl.* **keasow fenester**
   shutter
kelghlyther *m.* circular
kemegyl *adj.* chemical
kemyk *m., pl.* **kemygyon** chemical
ker *f.* **droya** maze, labyrinth
kervyans *m., pl.* **kervyansow** carving,
   moulding
kesposa *vb.* to balance
kesudnyans *m.* union, amalgam
kes-êr *m.* co-heir
kettesten *f.* context
kevalsen *f.* clause
kevarwedhya *vb* to direct

165

kilstrêt *m.*, *pl.* **kilstrêtys** back street
ladhor *m.* **dre alwesygeth**, *pl.*
  ladhoryon dre alwesygeth professional
  killer
laghyas *m.*, *pl.* **lahysy** lawyer
lecyans *m.* licence
ledry *vb* to slope
lemyk *m.*, *pl.* **lemygow** drop
leuvnosyans *m.* signature
lînednor *m.*, *pl.* **lînenoryon** draughtsman,
  illustrator
lonklyn *m.* whirlpool
lymnans *m.* painting
lyther *m.* **kemyn** will, testament
lyvrêson *m.* delivery
mahogany *m.* mahogany
mainor *m.*, *pl.* **mainoryon** agent
manylyon *pl.* details
maw *m.* **an kellyl** the knife boy
maylyor *m.* envelope
medhegieth *f.* medicine *(art)*
medhegneth *m.* medicine *(drug)*
menowhy *vb* to frequent
mênyng *m.* meaning
mêntermyn; **i'n mêntermyn** in the
  meantime
milus *adj.* bestial
mirva *f.* theatre *(for dissection)*
moldra *vb* to murder
moralyta *m.* morality
mystery *m.*, *pl.* **mysterys** mystery
narracyon *m.* narration, narrative
nôten *f.* note
novel *m.*, *pl.* **novelys** novel; **novel cot**
  novella; **novel deneren** penny novel;
  novel grafek graphic novel
nowyth-paintys *adj.* newly painted
obedyens *m.* obedience
ollskentyl *adj.* omniscient
omassayans *m.* physical exercise
omborthus *adj.* ambiguous
ombrederyans *m.* meditation, reflection
omdhalgh *m.* posture, attitude
omfydhyans *m.* self-confidence
omvodhek *adj.* selfish, self-seeking
packet *m.*, *pl.* **packettys** packet
padn *m.* cloth
palys *m.* **jynevra** gin palace
pavylyon *m.* pavilion

penfenten *f.*, *pl.* **penfentydnyow** source
penser *m.*, *pl.* **pensery** architect
peryllya *vb* to endanger
pîbow sagh *pl.* bagpipes
polsya *vb* to polish
polter *m.*, *pl.* **polters** powder
portrayans *m.* portrayal
posessyon *m.* possession
practycya *vb* to practise
practys *m.* practice
prenor *m.*, *pl.* **prenoryon** purchaser,
  customer
prevyans *m.*, *pl.* **prevyansow** experiment
promyssya *vb* to promise
provocacyon *m.* provocation
pùnyshment *m.* punishment
pùnyshya *vb* to punish
pyctourek *adj.* pictorial
pylednek *adj.* ragged
reconcîlya *vb* to reconcile
rejoycya *vb* to rejoice
remôvya *vb* to remove
resystens *m.* resistance
reward *m.* reward
rom *m.* room; **rom dyvynya** dissecting
  room; **rom omgùssulya** consulting
  room
romantek *adj.* romantic
rosweyth *m.* network
sacryfia *vb* to sacrifice
salad *m.* **dyw dheneren**, *pl.* **saladys dyw**
  deneren twopenny salad
sawment *m.* cure
scaffot *m.* scaffold
sciens *m.* science
sciensek *adj.* scientific
sclander *m.* scandal
scolvab *m.*, *pl.* **scolvebyon** schoolboy
scrifwas *m.* clerk
sekerder *m.* security, safety
sentens *m.* sentence *(punishment)*
sewajyans *m.* relief
shanel *m.* gutter
shùgra *m.* sugar
sojeta *adj.* subject
somona *vb* to summon
sownd *m.* sound
stratejy *m.* strategy
strîvyans *m.* struggle, act of struggling

syght *m.* sight
spior *m.* observer
statût *m.* **finwedhow** statute of limitations
sûper-ego *m.* super-ego
sygnyfycacyon *m.* meaning
step *m.*, *pl.* **steppyow** step (*of stairs*)
tapît *m.*, *pl.* **tapîtys** carpet
tavosak *adj.* talkative
tendans *m.* tendency
tervans *m.* **brës** mental disturbance
testament *m.* testament, will
to *m.* **crobm** dome
tormentyans *m.* torture
trailva *f.* transformation
transferrya *vb* to transfer
transformacyon *m.*, *pl.*
  transformacyons transformation
transformya *vb* to transform
transcrypcyon *m.*, *pl.* **transcrypcyons**
  transcription
tremenva *f.*, *pl.* **tremenvaow** passage,
  corridor
trenken *f.*, *pl.* **trenkednow** acid
treuskydnus *adj.* transcendent
trock *m.* **tedna**, *pl.* **trockys tedna** drawer
tromjaunj *m.* **cher**, *pl.* **tromjaunjys**
  cher sudden mood swing
vyctym *m.* victim
uhelwhans *m.*, *pl.* **uhelwhansow**
  ambition
ùncoth *adj.* unknown
ùttra *vb* to utter
valew *m.* value, importance
vyctory *m.* victory
vysytyor *m.*, *pl.* **vysytyoryon** visitor
wharvedhyans *m.*, *pl.* **wharvedhyansow**
  happening, occurrence
whedhel *m.* **hellerhy**, *pl.* **whedhlow**
  hellerhy detective story
whelva *f.* laboratory
whyl *m.*, *pl.* **whylas** beetle
whym wham *adv.* haphazardly, at random
whythrans *m.*, *pl.* **whythransow**
  investigation
wrappya *vb* to wrap

HENWYN PERSONEK

Arhanty *m.* **Coutts** Coutts Bank
Bradshaw *m.* Bradshaw (*one of Jekyll's servants*)
Carew, Syr Danvers *m.* Sir Danvers Carew
Caym *m.* Cain
Damon *m.* Damon (*one of two Greek friends faithful to death*)
Doctour Fell *m.* Dr Fell
Enfield, Richard *m.* Richard Enfield
Guest, Mêster *m.* Mr Guest (*Utterson's clerk*)
Hyde, Edward *m.* Edward Hyde; *also* **Mêster Hyde**
Jekyll, Henry *m.* Henry Jekyll; *also* **Doctour Jekyll & Harry**
Lanyon, Doctour *m.* Dr Lanyon; *also* **Hastie Lanyon**
Maw, Mêstrysy *pl.* Messrs Maw (*chemical wholesalers*)
Newcomen, Arolegyth *m.* Inspector Newcomen
Poole *m.* Poole (*Dr Jekyll's butler*)
Pythias *m.* Pythias (*one of two Greek friends faithful to death*)
Satnas *m.* Satan
Ùtterson, Mêster *m.* Mr Ùtterson; *also* **Gabriel John Ùtterson**

HENWYN TYLERYOW

Babylon *m.* Babylon
Dineydyn *m.* Edinburgh
Fylyppy *m.* Philippi
Gardh Scotlond *m.* Scotland Yard
Loundres *f.* London
Park *m.* **Rêjent** Regent's Park
Plain Cavendish *m.* Cavendish Square
Soho *m.* Soho
Strêt Gaunt *m.* Gaunt Street